ROBERT 1989

LA FILLE

DE JUSSANI

ou

LES MOEURS CORSES.

II.

IMPRIMERIE DE ÉT. IMBERT,
RUE DE LA VIEILLE-MONNAIE, N°. 12.

LA FILLE
DE JUSSANI
OU
LES MOEURS CORSES;

P ar CHARLES DURAND.

> Elle commit une faute, et cette faute
> l'entraîna au crime. O ciel! y a-t-il
> donc si peu de distance d'une fai-
> blesse à l'échafaud?...

TOME SECOND.

PARIS,

HAUT-COEUR ET GAYET Je., LIBRAIRES,
RUE DAUPHINE, Nᵒ. 20.

1823.

LA FILLE
DE JUSSANI
OU
LES MOEURS CORSES.

CHAPITRE XVII.

Hélas ! pourquoi ce sentiment aimable,
l'amour, est-il soumis au caprice de
la fortune ?

BURNS.

Depuis long-temps Valcour avait revu
Paris, et l'accueil que lui avait fait le
ministre avait réveillé dans son cœur
les idées de gloire et d'ambition que
son séjour en Corse avait étouffées
pendant quelque temps. Attaché comme secrétaire au cabinet particulier
de Colbert, il eut plus d'une fois l'occasion de montrer quelques talens que

son protecteur encourageait avec bienveillance ; et plus d'une fois aussi il s'a-
perçut que ce sentiment de la part du
ministre lui faisait excuser les démarches que lui dictait tout ce qu'il croyait
voir d'urgent et de nécessaire dans des
encouragemens à donner au mérite ou
des injustices à réparer.

La faveur dont il jouissait auprès
du sur-intendant, et le cas que celui-ci
paraissait faire de ses conseils, ne pouvaient être une chose ignorée ; aussi Valcour vit-il bientôt à sa suite et autour
de lui ce nombreux essaim d'amis que
nous fait toujours la fortune. Les soins
du travail ne l'occupaient pas exclusi-
vement, et chaque jour amenait pour
lui des plaisirs d'autant plus agréables
que la cour et la France entière semblaient les avoir ignorés jusqu'à cette
époque. Partout les fêtes se succédaient
avec rapidité, et partout une popula-

tion entière, applaudissant au noble essor des beaux-arts, savourait avec délices l'attrait de mille jouissances inconnues.

Parmi les sociétés particulières qui se formaient au sein de la cour, une surtout attira son attention. La comtesse de Linières, jeune veuve, riche et belle, réunissait souvent chez elle des artistes et des hommes de lettres distingués. Les charmes de la musique, ou la lecture des pièces nouvelles que chaque jour voyait éclore, occupaient agréablement des soirées que Valcour préférait à toutes les autres, et qui d'ailleurs recevaient un nouvel attrait de la grâce et de l'esprit de la comtesse. Exempte de la morgue qui dominait encore dans beaucoup d'autres cercles, et faisant de sa maison l'asile d'une aimable et décente familiarité, elle n'admettait de distinctions honorables que celles qui résultaient du mérite et des talens.

Les grâces et l'esprit de madame de Linières avaient fait sur Valcour leur effet ordinaire ; en partageant l'impression que l'aimable comtesse produisait sur la foule d'adorateurs dont elle était entourée, il adoptait au moins en apparence ces principes de galanterie qui, à défaut de véritable amour, assuraient alors l'empire qu'un sexe charmant avait su prendre sur tous les cœurs ; cependant celui de Valcour était loin d'être tranquille. Au milieu des plaisirs bruyans du monde, un souvenir tendre et pénible à la fois le faisait souvent rêver et soupirer à l'écart. Les réflexions que devait lui inspirer un serment fait devant les saints autels et garanti par son honneur même, l'image toujours présente de ces monts solitaires et sau-

vages où il avait répondu par la séduction aux soins touchans de la plus
douce hospitalité, par-dessus tout la
simple et naïve Angelina que son ima-
gination se retraçait sans cesse, plus
belle encore de sa tendre mélancolie ;
toutes ces idées, revenant chaque jour
troubler son esprit et son âme, lui ins-
piraient d'autant plus de tristesse qu'il
ne voyait autour de lui que des êtres
indifférens et légers, incapables de
sentir le prix d'une douce confiance,
et d'éclairer son cœur agité. Une fausse
honte lui avait fait cacher au ministre
les détails les plus intéressans de son
séjour en Corse. Il sentait trop pourtant que ne pouvant produire Angelina
dans le monde, il devait arriver un
moment ou il faudrait choisir entre
une carrière brillante achetée au prix
du parjure, ou la solitude embellie par
l'amour et l'innocence, mais depouillée

de toutes les douceurs que promettent la gloire et l'ambition.

Parmi les personnes qui s'adressaient à Valcour pour obtenir la protection du ministre, il distingua un homme de lettres que ses talens et son caractère honoraient également. Attaché au sur-intendant Fouquet par les liens de la reconnaissance, Pélisson avait d'abord été enveloppé dans la disgrâce de ce ministre, mais ses efforts pour défendre son bienfaiteur malheureux lui avaient attiré l'estime universelle; depuis quelque temps rentré en faveur, il avait obtenu la permission de suivre le roi dans ses campagnes, et de consacrer ses veilles à l'histoire d'un règne si glorieux. Tout à coup et au milieu de son ouvrage il apprit que sa place d'historiographe de France venait d'être accordée à Racine et à Boileau, qui devaient l'occuper ensem-

ble. Il était difficile de faire changer
une résolution que le monarque avait
prise lui-même ; aussi Colbert ne l'es-
saya-t-il point, mais il recommanda
Pélisson au roi qui n'avait point à se
plaindre de lui ; et Valcour, qui avait
sollicité cette faveur du ministre, voulut aller lui-même porter le message
au roi. Il arrive à Versailles et attend
le lever ; au nom de Colbert il est introduit sans attendre ; et, se trouvant
seul avec le prince, il ne put se défendre d'un sentiment de timidité. De
toutes les manières d'aborder le monarque, c'était celle qui lui plaisait
le plus ; il lut le message et considéra
ensuite le jeune homme. « Vous êtes
attaché au ministre ? — Oui, sire.
— Je ne vous ai point vu d'autres fois.
— J'ai demandé moi-même à me char-
ger de cette lettre. — Pélisson est votre
parent ? — Non, sire, et je le con-

nais à peine. — Quel intérêt prenez-vous donc à lui ? — Celui qu'inspire une cause juste et un malheur qu'on n'a pas mérité. — Il a défendu Fouquet quand je l'accusais. — Il était son bienfaiteur. — Mais, il l'a défendu depuis sa disgrâce. — Il l'avait vu d'abord in-innocent ; depuis il l'a vu malheureux. — J'y penserai. Qui êtes-vous ? — Le fils d'un brave mort pour Votre Majesté au champ d'honneur : Valcour. — Je l'ai connu. Êtes-vous riche ? — Non, sire ; mais le ministre a pris soin de moi. — Je lui parlerai pour vous, M. de Valcour. Aimez-moi comme m'aimait votre père, et méritez l'estime que vous accorde M. Colbert. »

Valcour, enchanté de sa visite et de l'accueil distingué qu'il avait reçu du roi, se hâta d'en rendre grâce au ministre. Celui-ci lui promit de rappeler à Sa Majesté qu'elle avait promis de s'occuper de son protégé, et lui fit concevoir un avenir dont la pensée, en frappant son amour-propre, effaçait peu à peu les impressions pénibles qui ne cessaient de l'agiter nuit et jour.

Quelques mois s'étaient à peine écoulés, qu'un matin, Valcour reçut l'ordre de se rendre dans le cabinet du ministre. « J'ai une excellente nouvelle à vous annoncer, lui dit Colbert avec le sourire sur les lèvres. Hier, j'ai vu le roi à Versailles, et je lui ai parlé de vous. Sa Majesté veut reconnaître les services de votre père en vous procurant un rang à la cour et une fortune brillante, et elle m'a ordonné de lui désigner, parmi nos riches héritières, une épouse qui pût vous convenir. Je connais vos assiduités auprès de la comtesse de Linières. Sa fortune est immense et son rang distingué; je n'ai point hésité à la dési-

gner au roi, et il doit lui-même l'engager à accepter votre main. »

Ces mots jetèrent Valcour dans un
trouble pénible. Il vit bien que l'instant de l'aveu était arrivé et il ne put
s'y résoudre. Refuser un hymen brillant, offert par le roi lui-même, pour
qui ? pour une simple paysanne Corse
qu'il n'avait connue que quelques instans ?... Prêt à tout dévoiler, il sentit
qu'il devait s'attendre à des reproches
amers s'il refusait l'honneur qu'on lui
proposait. Son ambition et ses remords
combattaient dans son âme, et son agitation que le ministre aperçut aisément
ne fut attribuée par lui qu'à l'émotion
d'une nouvelle aussi flatteuse. « Dans
huit jours, ajouta son protecteur, vous
serez l'époux de la comtesse de Linières. C'est à vous à préparer son cœur.
Sa main vous est assurée. »

Rentré chez lui, Valcour voulut réfléchir sur sa situation. Agité, oppressé par mille idées confuses, il ne savait que résoudre et que faire. Il hésitait ! et l'honneur le tenait engagé par ses sermens. Il hésitait ! et il avait, au nom de l'amour, porté l'opprobre et l'infamie au sein des vertus et de l'innocence. Oh! s'il eût pu savoir quel était le sort affreux de la fille de Paolo ! s'il eût pu savoir qu'en abandonnant l'infortunée il dévouait deux êtres à la mort!.. Mais la gloire et les plaisirs régnaient sur la France ; aurait-il pu, le perfide, à travers leur brillant éclat, distinguer de loin le deuil et les larmes qui semblaient se fixer pour toujours aux tristes rochers de Donino ?

CHAPITRE XVIII.

Devant ce prince auguste, appui des malheureux ;
J'osai me présenter et l'implorer pour eux.

Tragédie inédite.

Valcour résolut de sortir enfin de
cette pénible incertitude. La réflexion
avait ramené dans son cœur l'honneur
dont un seul moment d'ambition avait
étouffé la voix. Ne pouvant se résoudre à mettre le ministre dans sa con-
fidence, c'est à la comtesse même qu'il
résolut d'ouvrir son âme, et il se rendit auprès d'elle. Madame de Linières
fut frappée de sa tristesse, et lui en
demanda les motifs. « Oserai-je vous
les dire ? répondit Valcour. Cette tristesse ne vous paraîtra-t-elle pas un outrage fait à des charmes et à des qua-

lités auxquelles tout le monde rend
hommage? — Vous m'étonnez, chevalier. Serais-je pour quelque chose
dans vos chagrins? — Non, madame;
mais le roi veut me donner une preuve
de sa bienveillance, et vous ne serez
pas étonnée qu'il considère comme une
faveur éclatante l'honneur d'accorder
votre main. — Et c'est à vous qu'on la
destine? chevalier. Je ne croyais pas
qu'il y eût là un si grand motif de tristesse. » Valcour allait répliquer; elle
se hâta de l'interrompre. «Ne craignez
pas, lui dit-elle, que je m'abuse sur
vos sentimens. Je sais vous apprécier,
Valcour, et je sais aussi qu'une seule
chose au monde peut faire renoncer à
une fortune brillante. Vous aimez, je
le vois, et loin de vous en blâmer, je
vous approuve, car j'aime aussi de
mon côté; et tous les rois du monde
tenteraient en vain de donner ma main

sans mon cœur. — Vous aimez ! s'é-
crie Valcour enchanté ; ah ! vous savez
alors si un serment qui fonde l'amour
sur l'honneur même est respectable et
sacré. Femme adorable ! je n'espère
qu'en vous. Pourrais-je moi-même refuser tant de bonheur sans paraître
coupable ? Mais, ajouta-t-il, le roi doit
vous parler en ma faveur. Que lui ré-
pondrez-vous ? — Je lui répondrai
qu'il est des bornes où s'arrête l'empire des rois de la terre ; et que s'il
m'avait demandé mon cœur pour lui-
même, il ne l'aurait pas obtenu. —
Y pensez-vous ? — Ne craignez rien,
mon cher Valcour. Au milieu de tout
cet éclat de galanterie, le sentiment
se déguise et se cache ; mais si une
fois, par hasard, il paraît au grand
jour, il attire le respect de tous les
cœurs. Celui du roi n'est pas plus qu'un
autre à l'abri de cette influence. »

En quittant la comtesse, Valcour
se sentit soulagé d'un poids énorme.
L'homme a beau combattre le préjugé
de la conscience, au milieu des erreurs de la philosophie, une voix secrète restera toujours dans son cœur
pour le détourner de mal faire ; et
celui qui nie le remords du méchant
et le bonheur du juste ne se soustraira
jamais à cette joie indéfinissable qui
suit l'accomplissement d'un devoir
sacré.

Peu de jours après, Valcour reçut
un billet de la comtesse. Il était conçu
en ces termes : « La chose s'est passée
à merveille. Le roi n'insiste plus, et il
croit vous devoir un dédommagement.
C'est à vous de profiter de ses bonnes
intentions. » Le ministre lui-même,
ignorant le mystère, annonça à Valcour un refus qui comblait ses vœux,
et lui promit de ne pas perdre l'occa-

sion de réparer cet échec. Elle devait bientôt se présenter.

Une foule de jeunes seigneurs inondait, au petit lever, la galerie de Versailles. Le roi souriait à ces réunions ; non qu'il y trouvât aucun agrément pour lui-même, mais parce que là, seulement, se formait ce ton d'urbanité et de politesse qu'il aimait à voir se répandre dans tout le royaume. Valcour s'y rendait quelquefois. Un jour, le monarque s'arrêta dans la galerie en le fixant de ses regards, et lui indiqua du doigt la porte de son cabinet. A peine le jeune homme l'y eut-il suivi, que le roi lui adressa la parole. « Le ministre a dû vous dire, M. de Valcour, que j'avais fort mal réussi dans une négociation entreprise pour vous. — Sire, l'intérêt que Votre Majesté a daigné y prendre m'a récompensé d'une manière trop brillante pour que

la réussite même eût pu y rien ajouter.
— Connaissez-vous l'italien, M. de
Valcour? — Oui, sire, — Vous allez
me servir d'interprète; suivez-moi. »
Il dit, et passe dans une pièce voisine
où il allait donner une audience. Un
religieux s'offre aux regards de Valcour. Quelle est sa surprise ! il a reconnu le vénérable Ambrosio.

Le respect dû à la majesté royale
empêcha seul Valcour de se jeter dans
les bras du vieillard, qui parut aussi
étonné de sa présence.

« Annoncez à ce prêtre, dit le roi à
son nouvel interprête, que j'ai lu la
lettre du pontife dont il est l'envoyé;
que je gémis sur les malheurs de son
pays, mais que je ne saurais y apporter
aucun remède. D'anciens traités m'u-
nissent avec la république de Gênes,
et je ne puis être le premier à les rompre. De plus grands intérêts m'appel-

lent ailleurs. Au reste, la cour de Rome doit savoir que c'est à des Corses que j'ai dû mes premiers démêlés avec elle, et que leur imprudence l'exposa à l'agression de tous les états d'Italie que j'aurais soulevés contre elle, si les Corses, par leur départ de Rome, n'avaient arrêté mon ressentiment. »

Lorsque Valcour eut traduit fidèlement ce discours : « J'ignore, dit le vieillard au monarque, si quelques insensés ont pu exposer Rome à la colère du roi de France. Il importe peu que ces hommes soient Corses, car leur pays ne saurait approuver une telle action, et c'est pour leur pays que je viens implorer Votre Majesté. Gênes opprime et persécute un peuple, qui, sans avoir rien à se reprocher, semble désormais être voué aux supplices. Ce peuple est chrétien, et il souffre. Le saint Pontife n'a pu voir tant de maux avec indifférence ; mais que peut-il contre un gouvernement oppresseur ? Votre Majesté seule peut, d'un mot, mettre un terme à tant d'infortunes. C'est vers elle que nous élevons nos mains suppliantes. Fils aîné de l'église, vous protégerez des chrétiens persécutés ; roi puissant et auguste, vous prouverez que ce n'est pas en vain qu'un peuple malheureux implore votre miséricorde. Le bienfait est pour l'homme puissant une vertu ; pour les rois c'est un devoir, car Dieu les plaça sur la terre pour être son image aux yeux des hommes. »

Pendant que Valcour répétait au monarque les paroles du vénérable envoyé, le roi contemplait ces traits respectables auxquels l'habitude d'un ministère auguste, et l'importance d'une mission toute sainte, semblaient imprimer une imposante dignité. Le bon père, en priant pour la Corse, se sentait fortement ému. Voyant le monarque prêt à s'attendrir, il sentit que de cette entrevue dépendait le destin de sa patrie ; soudain, comme sans se douter de l'impression que sa figure patriarchale avait déjà produite, il se jette aux genoux du prince. «Sire! s'écrie-t-il, au nom de ces cheveux blancs déshonorés par l'esclavage et la calomnie, au nom du Dieu vivant qui juge les rois et les peuples, et que depuis quarante ans j'implore tous les jours pour l'infortuné, je vous en conjure encore, sauvez un peuple malheureux dont les bénédictions feront la gloire de votre règne et le bonheur de votre vieillesse !... »

Le vieillard avait dit : plongé dans de profondes réflexions, le monarque ne lui répondit rien, et paraissait méditer un projet. Etait-il possible en effêt qu'un prince, avide de tous les genres de gloire, dédaignât le plus doux et le plus facile ? Les victoires sanglantes auraient-elles seules le privilége de charmer les grands cœurs ? D'autre part, il n'est pas toujours si aisé à un roi de faire le bien que se l'imagine le vulgaire. Dans la sphère des intérêts politiques, les plus importans font pencher la balance, sans égards pour les considérations plus faibles ; et la roue inexorable du destin, pour un empire qu'elle élève aux cieux, foule, dans sa course rapide, des millions d'infortunés faciles à se plaindre, impuissans à se venger.

Le roi annonça au religieux qu'il aurait, avant peu, sa réponse. « Votre mission a été secrète, lui dit-il en le renvoyant ; songez qu'une indiscrétion exciterait de la part de Gênes une défiance que je ne veux point faire naître, et une fureur dont votre pays aurait trop à souffrir. »

Quand le père Ambrosio se fut retiré, le roi dit à Valcour : « Ecrivez. » Il lui dicta aussitôt une lettre pour le ministre, dans laquelle il lui annonçait que, sans prendre aucune résolution ultérieure, il avait résolu d'envoyer en Corse un homme capable d'examiner avec soin l'état de ce pays, de juger si les plaintes formées de toutes parts contre Gênes étaient légitimes, de savoir enfin si les Corses étaient attachés à la France et se trouveraient heureux de sa protection. Mais, cette mission devant être exécutée avec quelque mystère, il chargeait en même temps le ministre de créer, pour cet envoyé, des fonctions qui pussent légitimer, en apparence, son séjour dans cette île, sans donner ombrage au gouvernement génois. Le roi écrivit ensuite

quelques mots de sa main, et les joi-
gnit à la dépêche; puis il ordonna le
secret au jeune homme, qui se rendit
sur-le-champ auprès de Colbert.

CHAPITRE XIX.

C'en est fait! adieu, vains spectacles!
Adieu, Paris, où je me plus ;
Où les beaux-arts font des miracles;
Où la tendresse n'en fait plus.

Béranger.

Valcour n'avait pas manqué, avant
de sortir du palais, de s'informer de
la demeure d'Ambrosio ; l'aspect du
vieillard avait rappelé dans son esprit
avec une nouvelle force une foule
d'idées douces et pénibles. Angelina,
toujours présente à son cœur, était toujours tendrement aimée; mais le bon
père pourrait-il lui donner des nouvelles de la jeune fille ? Ce voyage
à Rome, cette mission dont il était
chargé semblaient prouver que depuis

long-temps le religieux avait quitté
la fille de Paolo. Depuis un an peut-
être, privée de son époux, elle lan-
guissait loin du bon père. « Un an,
disait Valcour ; ah ! qu'elle a dû lui
paraître longue, cette absence douloureuse ! » Et en pensant ainsi aux chagrins de la fille de Jussani, il n'osait
porter ses regards sur l'avenir, ni se
demander quel était le terme où devaient finir tant de malheurs.

Colbert se hâta de lire la dépêche
royale ; puis, prenant la main de Valcour : « Jeune homme, je vous ai lancé
dans la carrière ; c'est à vous d'ache-
ver mon ouvrage. Montrez-vous digne
des bontés du roi, et sachez apprécier
l'importance d'une mission qui annonce
de la part du monarque une confiance
glorieuse pour vous. » Valcour fixait
les yeux sur le ministre étonné que
le roi ne l'eût point instruit ; et ce fut

avec une surprise inexprimable qu'il lut l'ordre tracé par le prince lui-même de confier à M. de Valcour l'emploi d'envoyé du roi de France en Corse.

« Cet écrit tracé de votre main, lui dit Colbert, doit vous avoir instruit plus que je ne saurais le faire du véritable but de votre mission. Cependant, il faut éloigner tout ombrage de la part de Gênes, et je vais vous en fournir l'occasion. Des pirates algériens sont répandus en grand nombre dans la Méditerranée. L'Italie, la France et l'Espagne doivent s'unir pour les en expulser. Nul point n'est plus important que la Corse, située entre ces trois états. Vous visiterez tous les ports de l'île ; l'autorité génoise vous accompagnera ou vous en facilitera les moyens. Elle vous indiquera les points où nos forces pourraient être utiles, et vous m'en instruirez régulièrement.

Pour tout le reste, je me fie à votre sagesse. »

Valcour ne se possédait plus de joie. Il allait revoir les monts solitaires qu'habitait son amie ; et l'honorable carrière qui s'ouvrait devant lui, lui offrait le moyen de concilier ce qu'il devait à sa fortune, à sa gloire et à son amour. Il courut trouver le père Ambrosio, qu'il brûlait de revoir. Le religieux le reçut avec l'expression de l'amitié la plus touchante ; mais lorsqu'il eut appris l'heureuse nouvelle de la mission dont Valcour était chargé : « Dieu soit béni ! s'écria le vieillard ; mon pays peut espérer encore. Antiques murs de Catteri, asile du repos et du bonheur, je pourrai vous revoir encore avant d'expirer ! » Puis, pressant la main de Valcour : « Mon jeune ami, lui dit-il, j'atteste le ciel qui m'entend que le but de mon voyage fut seulement de chercher un soutien pour ma patrie. Quand ma faible voix osa plaider cette cause sainte devant la chaire du pontife et jusqu'au trône du roi très-chrétien, l'orgueil ne fut point mon guide, et l'amour de mes semblables m'a seul inspiré. O bonheur inespéré! Que manquera-t-il à ma vie? Ne puis-je pas descendre dans la tombe en disant : Que le jugement de l'Eternel décide si j'ai vécu! »

En disant ces mots, le bon père ne put retenir ses larmes. Valcour se sentit pénétré d'un respect religieux, soit que les vanités du monde l'eussent trop long-temps détourné du spectacle simple et auguste de la vertu, soit que celle-ci, comme toutes les choses surnaturelles, commande au cœur de l'homme des émotions qui lui rappellent qu'il est des choses au-dessus de lui. Bientôt il voulut interroger Am-

brosio sur le sort de la fille de Jussani.
« Que me demandez=vous ? lui dit le
vieillard ; il y a près d'un an que j'ai
fui le pays qu'elle habite et les calomnies dont nos tyrans voulaient ternir
ma vie. Eh, quoi ! depuis ce temps vous
n'avez rien appris ?—Rien, depuis mon
départ ; reprit Valcour. — Sachez
donc quels devoirs plus sacrés vous
sont imposés. Angelina est devenue
mère. — Qu'entends-je ? — Elle me
confia ce fatal secret ; et, par mes
soins, elle alla cacher son infortune
dans un lieu solitaire. Là, sans doute,
le repentir expie sa faute, et elle
adresse des vœux au ciel pour qu'il
inspire celui qui peut seul la réparer.
— Je la verrai ! s'écria Valcour avec
transport, je la verrai ; elle oubliera
ses malheurs et une faute qui ne fut
point la sienne. Vénérable Ambrosio !
c'est devant l'autel où j'ai juré d'être

son époux, qu'avant peu vous nous
unirez. — Détrompez-vous, Valcour,
je ne puis revoir encore le pays de mes
pères. Mes plaintes au pontife sont
connues, et le séjour de la Corse ne
saurait m'être permis tant que nos
oppresseurs seront irrités contre moi.
— Oubliez-vous, mon père, que votre
sort n'est plus en leur puissance? C'est
moi que vous suivrez désormais pour
me servir de guide et d'ami. N'aurai-
je pas cent fois besoin de vos lumières?
Ce n'est plus Valcour, c'est l'envoyé
du roi de France qui saura vous défendre et vous protéger. — Eh bien!
partons, bon jeune homme. Mes conseils, en vous éclairant sur les maux
d'un peuple opprimé, ne tendront jamais qu'à obtenir ce que je crois juste
dans la sincérité de mon âme. Le
Ciel bénira notre entreprise; partons. »

Peu de jours suffirent à Valcour pour

terminer les apprêts de son voyage.
Qu'avait-il à regretter en quittant la
capitale et ses plaisirs ? C'était au même
lieu que l'attendaient l'ambition et l'a-
mour, ces deux passions des âmes
fortes et ardentes. Ne soupirant qu'a-
près l'instant du départ, il attendait
avec impatience que le ministre eût
fait rédiger en détail des instructions
qu'il avait ordre de méditer attentive-
ment, quand il serait arrivé dans l'île.
Enfin, le jour heureux arriva, et il se
félicita avec le bon père de pouvoir
partir sans obstacles. Colbert eut avec
lui un dernier entretien, et peu d'heures après le religieux et son jeune ami
avaient, avec des transports de joie,
adressé leurs adieux aux superbes
murs de Paris, pour aller chercher le
bonheur vers des rocs solitaires et des
vallons presque inhabités.

Pourquoi rappelerais-je ici tous les

objets dont la patrie des arts frappait
sans cesse les regards du vieillard
étonné, et leurs entretiens sur tant de
merveilles, et les détails d'un voyage
trop long au gré de leur impatience ?
Aux remparts de Toulon, un vaisseau
attendait Valcour par ordre du ministre. Une garde peu nombreuse,
mais dévouée, devait lui servir d'escorte, et relever l'éclat de sa mission
et l'importance du nom Français. Le
respect qu'il témoignait à Ambrosio
fut partagé par tous ceux de sa suite
déjà jaloux de complaire à leur maître. Une brise légère enfle les voiles et
pousse doucement hors du port le navire, qui, cédant bientôt à un vent
favorable, glisse légèrement sur les
ondes. Les rivages de la France com-
mencent à se couvrir d'une teinte
bleuâtre, et quelques heures après
n'apparaissent plus que dans un vague

lointain. A peine les yeux des passagers ont-ils fini de les distinguer, que vers l'autre côté de la mer un point a paru dans l'espace et grossit rapidement. La couleur sombre des rochers de la Corse, enveloppés déjà de la vapeur du soir, laisse distinguer le sommet blanchâtre des monts que la neige qui les couvre semble couronner d'une lointaine clarté. A cette vue, le bon père paraît ému, et la nuit dérobe déjà tous les objets à ses regards fixés vers la terre chérie. « A demain, » dit-il à Valcour. « A demain, » répond le jeune homme, à son tour agité par de tendres souvenirs et des pressentimens funestes qu'il s'efforce en vain d'éloigner. Ils ont dit, et sous la garde du matelot qui veille, tout l'équipage se livre bientôt aux douceurs du repos.

Dès le point du jour, le vaisseau a

2*

doublé le cap et cingle à pleines voiles
vers les murs de Bastia. Le pavillon
français, partout respecté, a frappé
les regards de la sentinelle vigilante,
et un léger mouvement se fait déjà remarquer sur la rive. Un canot est sorti
du port, et un officier génois, qui commande aux rameurs agiles, atteint les
flancs du navire et interroge celui qui
paraît le diriger. « *Un envoyé du roi
de France !* » A ces mots, l'officier
s'incline avec respect, et on le reçoit
à bord où il vient saluer Valcour. La
barrière qui défend l'entrée du port
est franchie. Le vaisseau s'arrête, et à
un signal du Génois, une salve d'ar-
tillerie annonce au peuple le député
d'une haute puissance. Le Français est
conduit au palais du gouverneur, où
on lui propose de fixer sa demeure.
Il ne l'accepte point, et choisit, de
préférence, une maison vaste et com-

mode située entre la ville et le bois
d'oliviers qui borde au nord le rivage,
et s'étend en amphithéâtre à plusieurs
lieues entre la mer et les montagnes
du Cap Corse.

~~~~~~

CHAPITRE XX.

Je suis, dit-il, le chien du peuple, car
    je garde ceux qui essuient des injus-
    tices.

<div align="right">LABRUYÈRE.</div>

HOMME de sang dont les forfaits
Viennent épouvanter le monde,
Quel Dieu terrible en nos forêts
Fixa ta course vagabonde ?
— Un Dieu ne guide point mes pas ;
N'insultez pas à sa puissance.
— Bandit, qui put armer ton bras ?
    — C'est la Vengeance !...

J'ai vu, sous les coups des tyrans,
Tomber la fleur de ma patrie.
J'ai vu sous des crêpes sanglans
Pleurer l'innocence flétrie.
J'ai dit : « Pourquoi tant de terreur?.
Vers le crime aussi je m'élance ;
Il est une sainte fureur :
    C'est la Vengeance !... »

Aux cieux ne voit-on pas l'azur
Remplacer la foudre qui tombe ?
Frappons ! Qu'au prix d'un sang impur
Le bonheur sorte de la tombe.
Quand le Bandit, enfant du sort,
Périra pour l'indépendance,
Répétez tous son cri de mort :
    C'est la Vengeance!...

Ainsi chantait le Bandit d'Aïtona,
fier de célébrer lui-même sa cruauté
par le chant qui dans tous les villages
attestait l'effroi qu'inspirait son nom.
Ses compagnons dormaient épars autour du rocher qui formait son lit solitaire. A ses pieds l'onde rapide du
Golo grossie par les orages murmurait
sourdement, et semblait donner à sa
voix un son plus grave et plus lugubre.
Toute la nature était en repos, et la
clarté que la lune répandait sur les
bords du fleuve animait le paysage
d'une teinte douce et mélancolique
qui contrastait avec les accens sauva-

ges du brigand. Un luth était dans ses mains, et sa voix quoique rude et énergique n'était point dépouillée de je ne sais quelle harmonie sévère qui plaisait et faisait frémir.

Rosario était jeune encore. Exemple terrible pour les hommes, il avait vu s'accumuler sur sa tête, dans quelques années, tout ce que la vie humaine peut connaître de malheurs : on aurait été tenté, en le voyant, de croire à ces persécutions mystérieuses de la Providence que l'homme paisible et le riche ne sauraient comprendre, et qui ne paraissent offrir au pauvre et au criminel qu'une trop déplorable réalité.

Long-temps errant dans les forêts de Vizzavona, dans les marais incultes de Fiu-Morbo, au monts arides de Niolo, et sur les coteaux escarpés qui dominent la plaine fertile de Casinca, Rosario n'avait aucune retraite fixe, et trompait par des courses rapides les poursuites de ses persécuteurs. Le nord, le midi, l'orient de l'île tour à tour habités par lui semblaient le rendre partout présent ; et l'habitant de Bonifacio, situé à l'extrémité méridionale de la Corse, était à peine épouvanté d'un meurtre commis la veille sous ses murs, que le paysan du Cap Corse annonçait à la ville qu'on avait vu le Bandit errer avec sa troupe dans les bois d'oliviers qui entouraient les remparts de Bastia. Cependant le plus horrible théâtre de ses forfaits fut la forêt d'Aïtona ; c'est là que pour délivrer un ami malheureux il donna la mort au témoin perfide qui allait réclamer sa tête devant le juge ; c'est là que dans un seul jour, père, fille, épouse, enfant, il avait tout égorgé de la famille des Antonini, qu'une haine héréditaire avait plus d'une fois armés contre sa famille :

aussi l'avait-on surnommé le Bandit d'Aïtona.

Sa démarche était noble et fière, ses cheveux noirs et bouclés tombaient sur ses épaules ; et l'air abattu de son visage, que les revers et les passions violentes avaient déjà sillonné de quelques traces, était relevé par le feu de ses regards. Ce qui frappait surtout en lui, et ce qu'on ne trouva jamais chez aucun autre homme, c'était une alliance bizarre de barbarie et de piété. Ces yeux, si féroces quand ils se fixaient sur les hommes, s'élevaient quelquefois vers le ciel avec un profond recueillement. Il croyait à un Être suprême, et prêtant au dieu qu'il adorait les mêmes idées de justice qui occupaient son esprit abusé, il croyait que ce dieu approuvait la vengeance, si terrible qu'elle fût, quand l'offenseur était réellement coupable. Ses sentimens

religieux provenaient sans doute de ce
que dans sa première jeunesse il s'était
destiné au culte des autels. C'est dans
ce but qu'il avait orné son esprit de
connaissances utiles ; et les événemens
de sa vie avaient fait un brigand de celui
qui, dans d'autres temps et dans d'autres lieux, eût été peut-être un des
plus fervens ministres de la religion.

Un de ses compagnons paraissait
craindre le pouvoir des Génois. « Ils ne
sont pas plus forts que moi, répondit-il,
puisque, comme moi, ils ont besoin
de répandre du sang. »

Un autre murmurait contre le Ciel.
« Qu'y a-t-il entre Dieu et nous ? dit
le Bandit. Quand je me suis plaint de
mes premiers maux, il m'en a envoyé
d'autres pour m'accoutumer à la résignation. »

« Quand le pouvoir rend le peuple
heureux, disait-il un jour, on ne songe

pas à examiner si l'on a le droit de résistance, et l'on ne résiste point. »

« Ne crains-tu pas la justice ? lui demandait-on. — Non ; mais je crains les juges. »

« Quel est le plus grand écueil des âmes fortes ? — C'est la volupté. »

Il disait : « Les lois de l'homme ne sont point les lois de Dieu. Les lois de Dieu sont partout justes ; celles de l'homme diffèrent dans tous les pays. Obéissons à Dieu, et sachons braver l'homme. »

« Qui veut dominer sur les hommes doit savoir les mépriser. »

« La femme aime et pleure. L'homme souffre, pense et agit. »

« Le plus noble des biens, c'est la gloire ; le plus précieux, la liberté ; la plus douce illusion, c'est l'amour ; la plus grande erreur, l'amitié. »

« S'aimer par-dessus tout et aux

dépens des autres, c'est l'égoïsme ; aimer son pays par-dessus tout et aux dépens des autres, c'est le patriotisme qui est l'égoïsme des nations. L'un est un vice, et l'autre une vertu. Ce vice est dans la nature, cette vertu est l'ouvrage de l'homme ; mais c'est le plus beau. »

« Aide-toi, le Ciel t'aidera, disait-il encore. Celui qui souffre sans se venger mérite son sort. Le pardon n'est qu'une lâcheté. Celui qui tue son oppresseur épargne des maux à ses semblables. Il est agréable à Dieu et utile aux hommes. »

Tels étaient les principes de Rosario ; et sa vie, conforme à ces principes, offrait le tableau de tout ce que peuvent avoir d'éclatant les vertus généreuses et les crimes les plus inouïs. Une soif de vengeance, que l'homme civilisé conçoit à peine, inspirait à son âme un courage, une énergie qui le rendaient capable de grandes choses. Il était cruel et généreux, barbare et pieux de bonne foi ; et souvent, lorsqu'il s'agenouillait devant l'autel de quelque chapelle solitaire, ce n'était point pour demander à Dieu le pardon du crime qu'il venait de commettre, mais pour s'excuser de l'excès de fureur qui l'entraînait trop loin dans ce qui lui paraissait l'accomplissement d'un devoir sacré.

Qui croirait que Rosario était né sensible ? Qui ne serait point étonné d'apprendre que souvent, lorsqu'il s'était éloigné de sa troupe pour errer seul et pensif sur quelque endroit écarté du rivage, ses compagnons le voyaient revenir à eux les yeux encore humides des pleurs qu'il répandait en secret ? Aucun d'eux n'osait l'interroger, et celui qui l'eût entre-

pris aurait été puni sans douté. Cependant ces cœurs féroces s'atten-
drissaient quelquefois eux - mêmes
quand leur chef, cédant à des impressions tendres et involontaires, laissait
errer ses doigts sur son luth, qui rendait des sons harmonieux ; mais bientôt, comme revenant d'une préoccupation indigne de lui, ses yeux s'ani-
maient, ses doigts pressaient avec rapidité les cordes sonores, et sa voix
mâle et sévère célébrait la guerre, la
vengeance et la mort.

Tel il est aujourd'hui : sa troupe entière est livrée au sommeil ; seul il
veille, et le bruit des échos qui bor-
dent la rive du Golo répond tristement
à son chant lugubre. Tout à coup un
feu lointain apparaît sur l'un des monts
qui s'élèvent dans la direction de Bastia. Le Bandit éveille ses compagnons.
«Une clarté, leur dit-il, brille sur la

route du nord. C'est le signal d'un de nos frères d'armes. Examinez l'occident. » A peine a-t-il fini ces mots, qu'à l'occident, où tous les yeux sont fixés, une autre lueur éclaire faiblement l'horizon. « De deux côtés ! s'écrie Rosario étonné ; leurs troupes doivent être nombreuses. » Il a dit, et l'un des siens commence à exprimer des craintes. « Lâche ! lui dit le chef irrité, ne vois-tu pas que le midi nous reste encore , et que le gouffre des mers est à l'orient devant nous ? Partout le combat, au midi la fuite, à l'orient l'abîme et la mort ; que te faut-il de plus ? »

Un moment ils attendirent en silence, les yeux fixés vers les monts du midi. « Rien ne paraît, dit le Bandit, partons. » Ils se mirent soudain en route par le sentier qui conduit à *Cervione* ; mais ils l'abandonnèrent

bientôt, parce que le jour allait paraître. Sur chaque montagne qu'ils
eurent à traverser, ils furent reçus
comme des frères et des amis par les
bergers depuis long-temps accablés
sous le pouvoir de Gênes, et qui espé-
raient tout de la valeur du Bandit. Il
détacha vers Cervione un de ses gens
pour s'informer du mouvement des
troupes génoises que renfermait cette
ville ; et le soir du même jour, il arriva
avec ses compagnons dans un vallon
obscur que le Tavignane baigne de ses
eaux. Là, il voulut choisir son asile
pour la nuit ; mais l'homme qu'il avait
envoyé à Cervione l'y rejoignit au bout
de quelques heures, et lui annonça
que les soldats de Gênes étaient dispersés dans la campagne et se répan-
daient de toutes parts.

Le Bandit sourit à cette nouvelle.
« Ils demandent du sang ; s'écria-t-il,

et c'est leur sang que je demande : je ne saurais leur en vouloir.»Puis, ayant convoqué sa troupe, et la voyant réunie toute entière autour de lui, il lui parla en ces termes :

———

CHAPITRE XXI.

Sa colère a monté comme un tourbillon
de fumée ; son visage a paru comme
la flamme, et son courroux comme
un feu ardent.

PSAUME.

« ENFANS du malheur, écoutez-moi,
car je suis l'homme de la patrie. C'est
pour elle et non pour moi que plus
d'une fois le sang souilla mes mains
cruelles. Ecoutez-moi, et recueillez
mes paroles dans votre esprit ; répé-
tez-les à vos enfans, d'âge en âge,
long-temps après que je ne serai plus.

» Vous formez des camps, vous li-
vrez des batailles. Déjà les noms de
quelques-uns d'entre vous ont épouvanté les tyrans. Quel est votre des-

sein ? Que demandez-vous ? Votre cause
est-elle juste devant Dieu et devant les
hommes ? Ma mort ne changera-t-elle
rien aux projets de ces cœurs intrépides ? Quand vous serez vaincus, ose-
rez-vous résister encore ? Ecoutez-moi ;
je le répète, écoutez-moi, car je vous
parle peut-être pour la dernière fois,
et vos esprits peu éclairés ont besoin
de s'instruire. Votre cause est juste ;
je vais vous l'apprendre. Ce que vous
demandez, c'est la liberté ; pour elle,
après ma mort, vous combattrez encore ; résister est le droit du faible,
quand il est opprimé, et c'est par l'audace et la vengeance que le faible devient fort.

» Votre pays fut célèbre dans les
temps antiques. La valeur de vos pères
devait vous conduire à un meilleur
sort. Compagnons d'un bandit, vous
êtes les plus braves de l'île, et sans la

tyrannie de Gênes, vous seriez les
chefs d'un peuple célèbre. Gênes a
tout perdu. Ce peuple est esclave et
il souffre. Il doit briser ses fers :
l'heure de la délivrance a sonné.

» Direz-vous que, réunis en petit
nombre, vous avez à combattre des
ennemis innombrables ? Que vous importe, s'ils ne savent pas mourir
comme vous ? Ignorez-vous la peur
que votre nom leur inspire ? Ils trem-
blent en parlant de nous ; et nous,
leur courroux nous fait sourire. Quelle
cause sera juste devant Dieu, si la
nôtre peut lui déplaire ? C'est le faible qui combat contre l'oppresseur,
le pauvre contre le spoliateur, le
citoyen contre le tyran qui veut lui
donner des fers et la mort. Portez vos
yeux sur cette onde ; voyez-vous ces
vieilles ruines qu'elle va baigner ? Là
fut Aleria, fondée par les plus anciens

de vos pères. Là parut à leurs yeux un Romain à qui les armées du monde ne pouvaient résister. Eh bien ! sous ces remparts, là, sur cette rive, une poignée de Corses dit à Scipion : *Arrête-toi !...* Oui, compagnons, dans ces temps antiques où le monde était soumis à un seul empire, cet empire, accoutumé à vaincre, décerna à Talva de si grandes récompenses, qu'ici même il en mourut de joie. Qu'avait donc fait Talva de si grand ? direz-vous. Il avait vaincu les Corses.

» Et ne croyez pas qu'après ces exemples de la valeur de vos pères, je vous apprenne que leurs successeurs ont dégénéré. Le perfide Sarrasin a connu leur courage. Dans ces champs que vous voyez, reposent les ossemens de leurs princes vaincus. Attime, Adémare n'ont pas même obtenu un mausolée. Le Français nous

guidait alors. Noble fils de Charlema-
gne ! c'est sous tes coups terribles
qu'ils ont succombé !...

» Et vous, enfans des montagnes,
plus malheureux et plus persécutés
que vos pères, que ferez-vous ? Nul
espoir ne vous reste : il faut mourir sans vengeance ou vaincre avec
gloire. Pourriez-vous hésiter ? Il n'est
plus pour vous de milieu. D'un côté
votre patrie qui vous appelle à son
secours ; de l'autre, Gênes qui prépare votre supplice. Voilà le tableau
qui s'offre à vous. Je ne l'invente pas,
il existe : choisissez. »

Il y a, dans une âme fortement pé-
nétrée d'un sentiment profond, une
vertu communicative que l'homme
nierait en vain, et le geste et la voix
de celui qui parle sont quelquefois plus
éloquens que sa parole. La troupe de
Rosario se sentit animée d'une ardeur

invincible. Ce fut au point du jour, après quelques heures de repos, que sur l'ordre du chef ils se remirent en route. Il retint auprès de lui le fidèle Giovani, le seul d'entre tous qui avait le droit de lire quelquefois dans son âme, et il fixa le rendez-vous de ses compagnons dans un endroit solitaire situé à quelques lieues en remontant le cours du Tavignane.

Quand il fut seul avec Giovani : « Il ne faut point nous le dissimuler, lui dit-il, le danger est grand, et un miracle de la Providence peut seul nous sauver. Les feux qui nous sont apparus à l'horizon nous indiquent sans doute que les troupes de Corté et de Bastia marchent contre nous en même temps. Si leur plan est sage, les soldats de Cervione doivent avoir gagné les hauteurs du midi pour nous couper la retraite. Attendrons-nous que ces forces se réunissent et nous cernent de plus près ? Ne vaut-il pas mieux, en les attaquant partiellement, nous frayer un passage vers d'autres lieux ? »

Giovani partagea l'avis de son chef, et lui demanda laquelle des troupes il fallait attaquer. « Celle de Corté, dit Rosario, car celle-là une fois vaincue, et maîtres de notre direction, l'on ignorera si nous avons gagné la route d'Ajacio, ou si nous nous sommes dirigés au nord vers les monts qui dominent la Balagne. »

Il a dit. Suivi de son compagnon, il remonte le cours du fleuve, et bientôt la troupe a revu son chef intrépide qu'elle accueille avec des cris de joie.

Il parle, et sa voix les excite. Chacun d'eux respire la vengeance et la guerre. Rosario leur parle à tous, non comme un maître sévère, non avec ce ton adulateur que prodiguent les chefs aux soldats au moment des batailles, mais avec le calme d'un guerrier sûr de leur courage, avec le noble dédain du brave qui ne compte point ses ennemis.

Mais bientôt l'heure du départ est arrivée ; la tempête va suivre cet instant de calme, et la troupe fait entendre un murmure, sinistre précurseur du sang qui va couler. Le Bandit les fixe avec assurance. Il y a, dans son regard, je ne sais quoi de brûlant qui donne à sa physionomie une expression surnaturelle. « Hommes de misère, leur dit-il, la victoire, c'est le bonheur ; la mort, c'est le bonheur encore. Le jour de fête est venu. Point de grâce aux satellites de la tyrannie. »

Il dit et marche : on le suit. Deux guides avancés dirigent la troupe qui ne descend dans chaque vallon que

lorsqu'ils ont, de la montagne qui le
précède, dirigé sur tous les sentiers
leur lunette d'approche. Bientôt on
s'arrête à l'aspect du signal convenu.
Du haut d'un rocher escarpé, le premier guide a déroulé l'écharpe rouge
qui flotte dans les airs : on s'arrête ;
on se prépare. D'un coup d'œil, Rosario a vu ce que le lieu peut offrir de
favorable à sa troupe. Des makis touffus couvrent une colline où s'élève en
serpentant un sentier dont le sable
rougeâtre dessine au loin les sinuosités. Un rocher énorme borde ce chemin rapide, et son sommet, couronné
d'arbousiers et de myrtes sauvages
qui s'élèvent à hauteur d'homme, offre
un mur inaccessible du côté de la
route, et de l'autre côté présente une
pente presque insensible qui se pro-
longe vers la forêt voisine. Une simple
croix de bois est fixée sur la pointe

3*

aiguë de la roche. Signe de crime et d'expiation, elle annonce au voyageur égaré dans ces monts solitaires, que là fut commis un meurtre, et qu'il faut prier Dieu pour la victime.

Le Bandit se conforme à cet antique usage ; son front a touché la terre, et il ose adresser à l'Éternel une prière fervente. Sa troupe prie autour de lui. Quel spectacle que celui d'une horde de brigands, altérés de sang et de carnage ; se prosternant avec un recueillement sincère devant le signe simple et auguste de la piété des hommes !...

« Ici peut-être, dit Rosario en se relevant, Gênes a égorgé une de ses victimes. Honte et mort aux Génois ! » Il dit, et fait cacher sa troupe sur le rocher qui domine le sentier. Le guide qui a donné le signal est de retour auprès d'eux. « Combien sont-ils? dit le chef. — Trois cents à peu près. — C'est peu, dit le Bandit. Compagnons! trois chacun, et votre devoir est rempli... »

Sur la montagne où le guide s'est arrêté, il y a quelques instans, les armes d'une troupe nombreuse brillent aux rayons du soleil. Ils s'avancent en bon ordre; le paysage leur paraît désert.

Ils s'avancent, et le rocher qui cache à leurs yeux la troupe de Rosario n'est déjà plus qu'à quelques pas. Déjà on entend les discours que tiennent entre eux les chefs génois. « Je reconnais cette croix, dit l'un d'eux, c'est ici que nous avons donné la mort au redoutable Orsini, ce chef de rebelles. — Il sera vengé! » s'écrie une voix terrible. Et tout à coup, au bruit d'une explosion d'armes à feu, un

grand nombre de soldats ont mordu
la poussière. « Aux armes ! » s'écrient
les guerriers de Gênes. « Mort aux
Génois ! » répondent les bandits. Soudain, vous eussiez vu leur troupe féroce se précipiter sur l'ennemi avec
une rage impétueuse. On se mêle, on
frappe, on pousse des cris affreux dont
les échos retentissent. Pressés sur l'é-
troit sentier où ils ne peuvent déve-
lopper leurs forces, les soldats recu-
lent et gagnent le flanc de la montagne. Les brigands avaient prévu leur
retraite. Un bloc énorme de granit
agité par leurs mains vigoureuses se
détache et tombe avec fracas sur le
bataillon. Des cris de douleur se font
entendre, et le roc ensanglanté roule
avec un bruit horrible sur la pente du
mont. Au milieu de ce désordre épouvantable, que fait debout, sur ce rocher, cet homme dont l'attitude calme

fait frémir ? C'est lui, c'est le Bandit.
Il a vu l'officier génois cherchant à
rallier ses troupes fugitives. « A nous !
lui crie-t-il d'une sombre voix ; à nous,
et point de grâce ! » Il dit et s'élance ;
un passage s'ouvre devant lui. Son
épée, qui tourne et voltige, semble
les frapper tous en même temps.
Comme un dieu formidable, la terreur et l'effroi marchent avec lui. Le
sol est jonché de cadavres ; quelques
Génois ont fui ; d'autres s'écrient :
« Grâce! grâce ! — Jamais, » répond
le Bandit d'une voix tonnante ; et leurs
cris ont cessé pour toujours...

Le combat fini, Rosario jette un regard autour de lui. Quelques-uns des
siens ont expiré ; mais ils sont peu
nombreux. D'autres sont couverts de
blessures et ne se permettent pas une
seule plainte, tant la présence du chef
leur impose. L'un étanche le sang qui

coule de sa plaie; l'autre essuie son front couvert de sueur; presque tous s'occupent à fouiller les soldats dont les cadavres sont entassés sur la route. Cependant, ils n'est pas prudent de rester plus long-temps dans ce lieu. Sur le sommet d'une montagne, un berger se présente, attiré sans doute par le bruit du combat que les échos ont au loin répété. Rosario l'appelle. « Où est ta bergerie ? — A un mille du lieu où nous sommes. — Tu vas y conduire ces hommes blessés qui s'y reposeront quelques jours. Tu me réponds sur ta tête des soins qu'ils ont droit d'attendre, et de l'hospitalité que le Corse ne refuse jamais. Une trahison t'exposerait à ma vengeance; et je suis le bandit d'Aïtona. Puis, s'adressant à ses compagnons : « Ceux qui sont blessés suivront ce berger; ils me rejoindront à la fon-

taine du Chêne Rouge dans quelques
jours ; que les autres me suivent. »
Et il a pris avec sa troupe le chemin
du pays de Jussani.

CHAPITRE XXII.

Un pouvoir invincible, étrange, se joue
de ma destinée, et me pousse comme
la feuille desséchée, comme la plume
légère, à travers les tourbillons de vent
qui me jettent çà et là, ainsi qu'une
chose de moindre importance.

ROWE.

LORSQUE, pour se dérober aux poursuites des bergers de Donino, la fille
de Jussani s'élança dans la forêt bordée
par le chemin qui conduit de leur bergerie à la fontaine du Chêne Rouge,
elle erra long-temps loin des sentiers
tracés, toujours fuyant les regards des
hommes, et ignorant où elle dirigeait
ses pas. Son épuisement, sa lassitude,
augmentés encore par la souffrance et
la fièvre qui ne cessaient de l'accabler,

la forcèrent enfin à s'arrêter. Elle s'é-
tendit sur le gazon au pied d'un chêne,
et bientôt après elle perdit connaissance. Il était nuit quand elle reprit
ses sens. Ses yeux se fixèrent d'abord
avec surprise sur tous les objets qui
l'environnaient. Partout régnait un
profond silence. La lune, dont les
rayons ne perçaient qu'à peine le feuillage, éclairait la cime des chênes et
des hêtres dont la couleur noirâtre des
pins élancés interrompait la teinte uni-
forme. Le ciel était pur, le vent de la
nuit seul rafraîchissait l'air de son ha-
leine silencieuse ; et ce calme parfait
de la nature n'était troublé que quelquefois, lorsque le cerf ou le mouflon
sauvage, errant autour des arbres pour
chercher un lit commode, effarou-
chaient par un léger bruit l'aigle des
montagnes endormi dans le feuillage,
et qui, déployant ses ailes majestueu-

ses , prenait son vol rapide vers les plus hauts rochers de Niolo.

Il y a dans cet aspect sombre et paisible de la nature, au milieu d'une forêt inhabitée, quelque chose qui va au cœur de l'homme ; et cette impression mélancolique est plus sensible encore au cœur du malheureux. La persécution irrite l'âme, le désespoir déchire et semble dissoudre tout notre être ; mais dans le repos d'une nuit obscure, lorsque, isolé de tout l'univers, on est rappelé à la voix de sa conscience, et qu'on peut méditer ou pleurer sans être aperçu des hommes , malheur à celui qui sait sentir et qui commit des fautes ! Les repentirs sont amers , et la solitude n'offre rien qui puisse consoler le coupable infortuné.

Angelina versait des larmes.......
« Pleure, malheureuse fille de Paôlo ! séduite et déshonorée, ce n'était point

assez de l'infamie dont tu as couvert
ta famille. Une mère a détruit le triste
fruit de ses entrailles! Elle a pu précipiter dans l'abîme l'être innocent qui
lui devait le jour!... Pleure! le Ciel
te réprouve, et ton nom sera répété
avec horreur par les familles de Jussani!... »

Telles étaient ses pensées funestes;
et plus d'une fois elle crut voir l'ombre
indignée de son père errer dans l'obscurité de la forêt.

Le jour était loin d'arriver, et la
mort eût sans doute surpris en ce lieu
l'infortunée, si elle fût restée sans secours seulement jusqu'à l'aurore. Au
milieu des réflexions pénibles qui l'a-
gitent, elle a cru distinguer le son
d'une voix humaine. Bientôt elle n'en
peut plus douter, on parle auprès
d'elle, et quelqu'un paraît fouler le
gazon presqu'à ses côtés. « Qui que

vous soyiez, dit-elle d'une voix mou-
rante, ayez pitié de moi. » C'était le
dernier cri que sa bouche pouvait faire
entendre, elle retomba soudain dans
un profond affaissement.

En revenant à elle, elle est surprise
de voir un feu brillant pétiller au milieu d'une troupe d'hommes qui l'observe en silence. Leurs manteaux éten-
dus sur la terre, lui ont formé un lit
commode, et l'un d'eux soutient sa tête
tandis qu'un autre introduit dans sa
bouche quelques gouttes d'une liqueur
spiritueuse et bienfaisante. Un homme
debout, au milieu d'eux, semble la re-
garder avec intérêt et commander aux
autres des soins si touchans. Elle s'en
aperçoit et le remercie. « Jeune fille,
lui dit l'inconnu, quels malheurs te
forcent d'errer la nuit dans cette forêt ?
Quel est ton pays, ta famille ? — Je ne
puis vous le dire, répond-elle d'un

air triste et timide. Je fuis mon pays ; et ma famille fut persécutée par Gênes, c'est tout ce que vous saurez de moi. — C'en est assez, ajoute l'inconnu. Fille, ne crains plus rien ; je te prends sous ma garde, et je suis le Bandit d'Aïtona. »

A ce nom terrible, l'effroi de la contrée, Angelina n'a point frémi. Accoutumée aux mœurs de ses pères, la haine et la vengeance l'ont souvent affligée sans l'étonner jamais. Elle répond par un regard où se peint sa reconnaissance.

« Avant que le jour parût, elle fut conduite derrière les rochers de Montegrosso, dans un étroit vallon qui n'était séparé du pays de Jussani que par une chaîne de montagnes ; mais la neige qui, dans toutes les saisons de l'année, couvrait leur cime aride et escarpée, en formait une barrière redoutable que l'habitant des vallons n'aurait pu franchir sans danger. Là, elle fut reçue par un pâtre solitaire qui lui offrit un asile. Rosario l'invita à adopter pour toujours cette demeure. «Rien ne vous y manquera, lui dit-il, ce pâtre est dans le secret de nos braves, et il connaît les soins que l'on doit au malheur et à l'humanité. »

Ce séjour obscur et inconnu devint en effet celui d'Angelina. Le Bandit et sa troupe ne s'y présentaient que rarement, mais elle eut toujours à se louer des soins de son hôte ; et lorsque ayant long-temps erré dans les divers pays de l'île, Rosario venait passer quelques jours près des monts de Jussani, il ne manquait jamais de venir visiter sa protégée.

Ce fut vers cette retraite qu'il se dirigea à travers les montagnes, après le combat sanglant qu'il avait livré aux troupes génoises de Corté. Depuis deux mois entiers Angelina n'avait eu de ses nouvelles, lorsqu'il arriva avec sa troupe au vallon de Montegrosso.

A la vue des traces de sang dont ses vêtemens étaient couverts, la fille de Jussani ne put se défendre d'un mouvement d'horreur. « Pourquoi frémir? lui dit le Bandit; ce sang est celui des Génois. Ne m'as-tu pas dit qu'ils avaient persécuté ta famille? « Angelina ne répondit rien. « Fille inconnue, continua Rosario, je n'ai pas le droit de t'arracher ton secret, et je ne l'entreprendrai point. Mais ton sexe est faible et timide, il a besoin d'un appui pour ne pas rompre, comme un roseau fragile, sous les coups du destin que l'homme seul peut braver. S'il n'est aucun remède à tes maux, tu fais bien de gémir sans te plaindre; mais aujourd'hui, demain, le Bandit qui te

protége aura peut-être cessé d'exister.
Que deviendras-tu alors? Où termine-
ras-tu ta déplorable vie ? Crois-moi,
fille infortunée, reparais au milieu des
hommes , ne te livre pas aux incerti-
tudes du sort qui tôt ou tard doit me
frapper. — Les hommes ! reprit Angelina, je dois les fuir pour toujours.
— As-tu quelque chose à craindre ? ou
ne fuirais-tu que le préjugé qui suit la
faiblesse et la première faute de la
vierge de nos contrées ? — Le préjugé!
dit en pleurant la fille de Jussani, Où
m'a-t-il conduite, hélas ! — Serais-tu
criminelle ? en ce cas je te plains. Le
remords n'accable point une âme forte,
mais la tienne en doit être écrasée. —
Rosario , lui dit-elle, ne m'interroge
plus. — Tu es coupable, je le vois, et
tu souffres. Pauvre enfant ! déjà connaître le crime et le repentir qui le
suit !.. Rassure-toi ; que le Bandit soit

plus puissant, et tu reverras sans crainte ce monde qui te réprouve. Mais, en attendant, ne ferais-tu pas mieux de fuir cette île funeste ? — Où porter mes pas ? — Sur les rives de France. — La France, grand Dieu ! et le sein d'Angelina parut oppressé par une violente émotion. La France ! répéta-t-elle en sanglottant, il n'est plus temps. Qu'irais-je y chercher encore ?»

Rosario se tut en voyant le trouble de la jeune fille, et il cessa de l'interroger.

Le séjour du Bandit et de sa troupe dans le vallon de Montegrosso ne fut pas de longue durée. Le lieu du rendez-vous qu'il avait fixé à ses compagnons blessés, était la fontaine du Chêne Rouge. Il ne tarda pas à s'y rendre. Avant de quitter la fille de Jussani, il lui fit promettre de ne point abandonner cette solitude sans préve-

nir son hôte de son dessein et de la retraite qu'elle choisirait. « D'autres que
vous, lui dit-il., ont imploré pour leur
sûreté, la protection du Bandit d'Aïtona, et dispersés dans ces montagnes,
y vivent à l'abri de l'effroi que son nom
inspire. Quelle que soit la contrée qui
vous offre un asile, je veillerai sur
vous, et lorsque vous aurez dit à votre
hôte : je crains mes persécuteurs, deux
jours ne s'écouleront pas que cent
hommes armés ne soient auprès de
vous, prompts à vous défendre. » Il
dit, et disparut bientôt à travers les
rochers qui dominaient le vallon solitaire.

Quelques jours après son départ,
Angelina, qui, depuis l'aurore, était
restée seule à la bergerie, vit arriver
sur le soir le pâtre qui lui parut agité
d'une préoccupation pénible. Elle n'o-
sait l'interroger, lorsque celui-ci rom-

pit le premier le silence. « Des soldats errent sur ces montagnes, lui dit-il, je ne crains rien pour Rosario, car ils sont en petit nombre. Mais les bergers de Donino viennent d'être arrêtés, et on les conduit, à l'heure où je vous parle, dans les prisons de Calvi. » Angelina eut peine à contenir son émotion. « Qu'ont-ils donc fait ? demanda-t-elle d'une voix tremblante. — Il y a quelque temps que des voyageurs génois ont trouvé, sur les bords du torrent du Chêne Rouge, un enfant mort enveloppé d'un voile noir. Le sable dont il était couvert annonçait assez que l'onde l'avait jeté sur la rive. On croit y voir les traces d'un crime. On sait qu'une jeune fille qui s'était retirée à la vallée de Donino, en a disparu tout à coup, et quelques paysans d'Asco, qui l'ont aperçue quelquefois de loin à la bergerie, attestent qu'elle portait toujours un voile noir. — Malheureux bergers! dit la fille de Paolo, quel sera leur sort? — On les accuse d'avoir participé à ce crime... — Non! s'écria-t-elle soudain avec un égarement qui la trahit. Non! c'est moi!... c'est moi seule!.... Grand Dieu! je t'en conjure, sauve l'innocent, et fais-moi périr!.... »

« Je m'étais douté de votre secret, lui dit le pâtre. Mais il ne faut point se désespérer. Restez dans la cabane pour n'être point aperçue par les bergers des montagnes. Demain, j'irai à la Fontaine du Chêne-Rouge, instruire de tout le Bandit d'Aïtona. »

CHAPITRE XXII.

Toi que l'amour et l'hyménée
Avaient unie à Constantin,
Héléna, quel est ton destin?
Où te trouver, infortunée?...

HÉLÉNA.

A peine Valcour se fut-il établi à
Bastia, que les chefs génois qui com-
mandaient la Corse vinrent de toutes
parts le complimenter, non pas préci-
sément comme un maître, mais comme
un allié redoutable qu'ils avaient intérêt à ménager. Le jeune Français ne
se laissa point séduire par leurs cares-
ses, et s'occupa d'étudier avec attention les vices de leur administration
cruelle; il espérait, en acquérant des
preuves de leur tyrannie, intéresser le

roi en faveur d'un peuple que l'oppression seule poussait au crime et au désespoir.

Gonsalvi reçut la communication
des plans que Valcour tenait du ministre. «Je ne puis, dit-il, vous accom-
pagner dans tous les ports de l'île; mais
les troupes génoises protégeront votre
voyage et vous accompagneront par
tout. — N'acceptez point, dit Ambrosio
à Valcour, nul danger ne menace dans
cette île un Français quel qu'il puisse
être ; notre fureur contre Gênes, les
haines qui divisent nos familles ne
nous rendent point injustes à l'égard
de l'étranger. Voyager avec des Génois c'est s'exposer à paraître leur ami,
et cette seule considération peut armer
contre vous ce peuple désespéré. »

Valcour se rendit aux conseils du
vieillard, et refusa l'escorte que lui
proposait le gouverneur. Il ne voulut

pas même garder auprès de lui ses soldats français, et il résolut de les laisser à Bastia.

En voyant le président du tribunal suprême, il se rappela que c'était à l'infâme Spinola que la famille de Paolo avait dû sa ruine, et il sut mal dissimuler son indignation. Le juge barbare s'aperçut de l'impression défavorable que sa vue produisait sur le Français, et il en conçut un ressentiment que rien ne put éteindre.

Trois jours seulement s'étaient écoulés depuis l'arrivée de Valcour, lorsqu'on apprit à Bastia la victoire que le Bandit d'Aïtona et sa troupe avaient remportée sur les Génois de Corté; cette nouvelle répandit parmi les oppresseurs de la Corse une consternation difficile à peindre. Trois cents hommes venaient d'être exterminés, et ceux que le gouverneur désignait pour aller les remplacer ne pouvaient se défendre d'une terreur involontaire.

Valcour ne put s'empêcher de témoigner à Gonsalvi la peine que lui faisait cette nouvelle. « Elle m'afflige et ne m'étonne pas, lui répondit le gouverneur. Il est rare de compter ici dans chaque année moins d'un millier de meurtres. » C'était en effet à ce nombre à peu près que l'on pouvait évaluer les crimes qui n'ont cessé d'ensanglanter la Corse sous le gouvernement génois.

Valcour remarqua que le père Ambrosio n'était nullement étonné d'apprendre la défaite et le massacre des soldats de Gênes. « De quoi serais-je surpris, lui dit le vieillard ? ne connais-je pas la fureur et l'intrépidité du Corse ? le Bandit d'Aïtona doit succomber un jour, il sait quel est le sort qui l'attend, mais les restes de sa vie agitée

seront terribles pour les oppresseurs de
son pays. — Ne ferait-il pas mieux de
fuir? dit Valcour. — Fuir? il ne le ten-
tera pas; dans une âme si criminelle une
vertu reste encore; il aime sa patrie, et
il espère que tôt ou tard ses compatriotes imitant son exemple feront de
cette île un vaste tombeau pour tous
les tyrans qui la désolent aujourd'hui.»

Enfin Valcour se mit en route : il
était fort indifférent qu'il commençât
par le nord ou par le midi, le voyage
qu'il allait faire, et un lieu cher à
son cœur l'attirait avant tous les autres. Accompagné seulement du vénérable religieux, il eut bientôt franchi
les monts qui séparent Bastia de Saint-
Florent; il ne s'arrêta point dans cette
dernière ville, et arriva dans les premiers hameaux de la Balagne avant la
fin du même jour. Les chevaux fatigués
les forcèrent de s'arrêter la nuit à Bel-

godère ; mais le lendemain, à peine
l'aurore éclairait l'orient, que les voyageurs avaient aperçu la cime du mont
que couronne Sant-Antonino. Bientôt
Corbara s'offrit à leurs regards ; ils ré-
solurent de s'y arrêter pour savoir s'ils
ne pourraient rien apprendre de la fille
de Jussani.

La veuve de Paolo n'existait plus ;
sans doute elle n'avait pu résister aux
malheurs dont elle avait été accablée.
Les paysans de Corbara ignoraient le
sort de sa fille, et son départ les
avait tous étonnés, car d'une part ils
étaient loin de croire aux calomnies
répandues contre le père Ambrosio,
et de l'autre ils n'avaient encore appris
ni l'arrestation des bergers de Donino,
ni les crimes dont on les accusait. Toujours ils avaient ignoré la dernière retraite d'Angelina, et sa fuite, quand ils
la croyaient tous sage et vertueuse, était

encore un mystère qu'aucun d'eux n'osait expliquer.

Valcour ne put donc rien apprendre dans ce village, et le père Ambrosio le pressa de se rendre avec lui à Catteri. Au détour de la colline qui sépare Corbara du couvent de Latium, le Français sentit son cœur palpiter avec force. A la vue des murs du monastère, où, pour la première fois, le trouble des passions lui avait fait oublier ce qu'on doit aux vertus et à l'hospitalité, il sentit un secret remords qu'augmentait déjà l'absence de la jeune fille. Elle était innocente et pure, se disait-il, elle priait ici sur la tombe d'un frère, et moi, c'est ici, qu'en portant l'opprobre dans sa famille, j'ai mis le comble à ses malheurs! sera-t-il temps encore de tout réparer? Angelina peut-elle, après tant de maux, espérer d'être encore heureuse sur la terre? Ces idées occupaient et affligeaient son esprit, et il ne s'apercevait point que déjà il avait franchi la montagne de Sant-Antonino, lorsque le bon père le tira de sa rêverie en lui montrant d'un air satisfait le couvent de Catteri dont ils n'étaient pas éloignés.

Ce fut avec un charme indéfinissable que Valcour revit le monastère. Tout lui retraçait l'image d'Angelina. C'est de cette croisée qu'il la vit pour la dernière fois, lorsqu'essuyant ses larmes, elle regagnait avec sa mère le village de Corbara. Que ses adieux furent pénibles ! et qu'il est doux au cœur de son amant, ce triste souvenir ! Il croit voir encore la trace de ses pas dans ces murs qu'elle embellit de sa présence, et il s'approche de l'autel qui reçut ses sermens d'hymen avec le doux espoir que devant cet autel même ils seront confirmés. Insensé !

qui ignorait combien la destinée se joue des vœux de l'homme ! qui ignorait que sur cette terre l'innocence frêle et sans appui semble quelquefois, aussi bien que le crime, être en proie à la rigueur du sort, comme si l'Être tout - puissant voulait rappeler sans cesse à la terre que ce n'est point ici-bas qu'il récompense et punit !

Dès leur arrivée, les voyageurs avaient envoyé un paysan de Catteri à la vallée de Donino pour engager le berger Perodi à venir les trouver sur-le-champ. C'était le lendemain qu'on l'attendait au monastère. Valcour comptait les heures, et la journée fut lente au gré de son impatience. La nuit, son sommeil fut agité, et long-temps avant le point du jour, il éveilla le vieillard, que son inquiétude fit sourire. Enfin, à l'heure où le messager devait arriver, le Français obtint d'Ambrosio qu'ils iraient à sa rencontre en suivant le sentier qui conduit sur les hauteurs qui dominent l'amphithéâtre de Zilia. De loin, ils virent le paysan revenant d'un pas pressé. Valcour le rejoint le premier et l'interroge. O surprise ! le messager n'a vu personne ; la vallée de Donino est déserte ; la bergerie est abandonnée !...

Valcour appelle le religieux, qui, à ce récit, est immobile d'étonnement. « Vénérable Ambrosio, Perodi quittait quelquefois sa bergerie ? — Jamais. Depuis trente ans qu'il a fixé sa demeure solitaire dans ces montagnes, ses enfans et lui n'ont été que tour à tour au village de Calenzane. — Je dois vous raconter, dit alors le paysan, que Perodi et toute sa famille ont été arrêtés par ordre d'Alberti. — Quel est cet Alberti ? demanda Valcour. —

Le gouverneur de Calvi, dit Ambrosio ;
le même qui m'abreuva de calomnies
et me fit traîner dans les prisons, ga-
rotté comme un vil criminel.. — Partons pour Calvi, s'écria Valcour. —
Partons, » répond le bon père ; et à
peine retournés au monastère, ils ont
déjà dit adieu aux murs de Catteri.

Ils avaient descendu les hauteurs de
Lumio, et poursuivaient leur route sur
le sable du rivage, pour gagner, en
tournant l'immense golfe de Calvi, les
remparts de la ville qui s'élevaient
devant eux, lorsqu'ils furent atteints
par un officier génois qui voyageait
seul, ce qui leur parut surprenant.
L'imprudent ! dit tout bas Ambrosio.
Il ne connaît donc pas ce pays ! » Il
achevait à peine, que le Génois les
aborde d'un air inquiet, et s'adressant
à Ambrosio : « Homme vénérable !
dit-il au vieillard, si vous habitez ces

contrées, dites-moi, je vous prie, s'il est vrai que des soldats du gouverneur de Calvi aient amené prisonniers dans cette ville des bergers de Donino, la famille du vieux Perodi de Calenzane? — On l'assure, répond Valcour avec empressement. Vous intéresseriez-vous à ces infortunés ? — Si leur sort me touche ! s'écria le Génois. Alberti va me rendre raison du soupçon odieux dont il veut flétrir la vertu de cette famille. — Quel motif vous inspire cet intérêt? — L'amour, et je vole défendre celle que j'aime. » Il dit, et presse la rapidité de son coursier, qui l'emporte loin des deux compagnons.

« L'amour ! répète Valcour. Que veut-il dire ? » Et soudain mille idées confuses viennent assaillir son esprit. « Si les soldats ont cerné la bergerie, Angelina doit être dans les fers avec les bergers qui lui donnaient un asile. Est-ce d'Angelina que cet inconnu

veut parler ? — Un Génois ! s'écria
Ambrosio. La fille de Paolo ! Pourriez-vous le croire ? — Je ne sais, »
dit Valcour ; et tous ses sens étaient
agités d'une mortelle inquiétude. Ainsi,
sur de simples apparences, l'homme
est toujours prêt à accuser avec une
légèreté condamnable. Hélas ! Valcour, par ce qu'il allait apprendre,
devait être trop puni de ses soupçons
injurieux !

Ils arrivent enfin à la première porte
de cette citadelle redoutée que les Génois construisirent à la fois pour leur
défense contre l'entreprise des insu-
laires et contre l'ennemi étranger. Un
roc immense qu'un cap étroit joint au
rivage sert de fondement à ces remparts solides où les Génois, à plusieurs
reprises chassés de l'intérieur de l'île,
surent se fortifier et se défendre avec
avantage. C'est dans la citadelle même

qu'est le palais du gouverneur auquel Gonsalvi a annoncé, par un message, qu'un envoyé du roi de France ne tarderait pas à visiter ce port.

A peine Valcour s'est-il nommé, qu'une garde sous les armes le conduit jusqu'au palais d'Alberti. Ambrosio le suit sans crainte et sans audace, et paraît avec le Français aux yeux du gouverneur, étonné de voir le vieillard avec l'envoyé français.

~~~~~~

CHAPITRE XXIV.

Égaux par la nature, égaux par le malheur,
Tout mortel est chargé de sa propre douleur.

VOLTAIRE.

En voyant le père Ambrosio, Alberti n'avait pu se défendre d'un sentiment de dépit; et son orgueil était d'autant plus blessé que sa prudence même lui faisait un devoir de respecter le compagnon de Valcour. Forcé de dissimuler, il affecta de ne faire aucune attention au religieux, et accabla le Français de soins et de prévenances dont celui-ci n'était pas la dupe.

Valcour brûlait d'impatience d'entamer, au sujet de Perodi, une conversation qu'il se proposait d'avoir tête-à-tête avec le gouverneur. Il se disposait à le prendre en particulier, lorsque parut tout à coup devant eux cet officier génois que les voyageurs avaient rencontré sur la route.

«Seigneur, dit-il en entrant à Alberti, est-il vrai que sur un ordre émané de vous, la famille du vieux Perodi gémisse dans les cachots de Calvi?—Que vous importe? dit le gouverneur d'un air hautain. — Il m'importe si bien, qu'en vertu de nos lois qui permettent à chacun de se porter caution pour le citoyen qu'on croit injustement accusé, je viens me constituer prisonnier, et vous sommer de rendre à la liberté un vieillard vertueux et respectable.— Où l'avez-vous donc connu? — A Calenzane, où ma demeure était fixée chez lui. — Savez-vous de quoi on l'accuse? — Je l'ignore encore, mais Perodi est incapable d'un crime, et il n'avait point d'ennemis. —Vous saurez

ce soir ma réponse. — Je serai exact
à venir la demander, dit fièrement le
génois, et il se retira.

Quel est cet officier? demanda Valcour au gouverneur. — Je feins de l'i-
gnorer, répondit celui-ci, et sa démarche est loin de me surprendre.
Raphaël est depuis long-temps épris
de la fille de Perodi, et il veut forcer
ce vieillard à lui accorder, par reconnaissance, la main de sa fille, qu'il lui
a jusqu'ici refusée. » A ces mots, Valcour sentit dans son âme un soulage
ment inexprimable. Puis, s'adressant
de nouveau à Alberti :

« Souffrez de ma part, lui dit-il,
une curiosité bien naturelle. Perodi
est, de tous les Corses, le premier à qui
je dus l'hospitalité après mon naufrage
sur les bords de cette île. Puis-je savoir quel est le crime que l'on impute
à sa famille? — Il est d'autant plus

horrible, répond le gouverneur, qu'il n'a point eu pour objet ces sentimens de vengeance que le préjugé excuse dans cette île. Vous allez au reste le connaître par l'interrogatoire qu'ils vont subir devant moi, et auquel vous pouvez assister.

En effet, quelques soldats armés ayant conduit les accusés dans une salle voisine, Valcour y suivit Alberti, etreconnut ses anciens hôtes dans les malheureux bergers dont les mains étaient chargées de fers. Perodi reconnut aussi le Français, et n'en témoigna rien; il était le seul de sa famille qui avait reçu les confidences d'Angelina, et qui sût que son hôte était le séducteur de la fille de Jussani.

« Quel est ton nom et ta demeure? demanda le gouverneur au vieux berger. —M'avez-vous fait arrêter sans le savoir ? répond le vieillard. — Supprime cet orgueil qui ne peut que te nuire, et réponds. Ton âge?—Soixante ans.—Une jeune fille s'est-elle présentée à toi, il y a près d'une année?—Oui, seigneur.—Elle fuyait sa famille; pourquoi a-t-elle trouvé un asile chez toi?—Parce que je suis aussi de sa famille, et que son père n'existait plus. —Paolo fut ton parent?—Il le fut, et mon meilleur ami.—Séduite et déshonorée, la fille de Paolo est devenue mère. Le nies-tu?—Je ne saurais nier ni reconnaître le crime qu'on impute à autrui. Je ne suis pas témoin, mais accusé.—Elle a précipité son enfant dans le torrent du Chêne-Rouge. —Un accident peut avoir produit la mort de cet enfant.—Elle en est coupable, sa fuite le prouve.—Sa fuite ne prouve rien. L'effroi qu'inspire le pouvoir de Gênes dans nos contrées suffit pour l'expliquer.—Je t'accuse d'être son complice et d'avoir protégé sa fuite. — Vous m'accusez en vain. Quand la malheureuse mit au monde ce fruit de l'amour et de la séduction, je n'étais point auprès d'elle. Quand elle s'élança dans la forêt de Niolo, mes enfans, plus agiles que moi, la perdirent bientôt de vue dans les taillis du bois. En la poursuivant nous cherchions à la sauver d'elle-même, plût à Dieu que nous eussions pu l'atteindre ! je ne cherche point à vous tromper, et j'avoue que tous mes efforts, si vous l'aviez poursuivie, auraient tendu à la soustraire à votre puissance. Mais hélas ! la fatigue et la douleur auront peut-être terminé sa vie, et c'est un regret que j'emporterai dans le tombeau. — Si elle n'était pas coupable, d'où provenait ce désespoir ? — Que son enfant ait roulé dans l'abîme ou qu'elle l'y ait précipité, son égarement est concevable. La douleur qu'elle éprouvait, la nuit, l'orage, tout devait l'augmenter ; rien ne prouve sa culpabilité, rien n'établit la nôtre. S'il est un coupable, c'est son séducteur. »

En disant ces mots, le vieux Perodi fixe ses yeux sur Valcour que ces détails avaient fait d'abord frémir d'horreur et qui était plongé dans un profond abattement. Le gouverneur ordonne qu'on reconduise les accusés. A peine sont-ils sortis, que le Français, revenant de cet état pénible, demande à Alberti qu'il le fasse conduire à la prison de Perodi, qu'il veut revoir. Il se présente à la tour qui borde au midi la citadelle. L'ordre du gouverneur lui en ouvre les portes, et, dans un cachot humide et malsain dont les fenêtres grillées donnent sur la mer, il a revu le berger de Calenzane. Perodi fait retirer sa famille dans le lieu le plus éloigné de la pri-

2.   5

son. Son air, en voyant Valcour, est triste et sévère ; et sans se plaindre des maux qu'il souffre, son regard dit assez au voyageur qu'il ne saurait lui pardonner l'affreux malheur d'Angelina.

Valcour lui tend la main : « Bon Perodi, lui dit-il, ne m'accusez pas, le coup dont je viens d'être frappé est horrible ; mais, je vous en supplie, apprenez-moi si Angelina vit encore, ou si l'espoir de tout réparer m'est enlevé pour toujours. — Elle vit sans doute, répond le berger ; car le lendemain de sa fuite j'ai parcouru dans tous les sens la forêt de Niolo, aidé de mes enfans qui la regrettaient comme une sœur. Nous n'avons pu rien découvrir ; ce qui nous prouve qu'elle aura trouvé un asile que le mystère dont elle s'environne nous a empêché de connaître. Mais si elle eût été morte, il est impossible que nous ne l'eussions pas

trouvée dans la forêt. —Valcour sou-
pira et ses yeux s'inondèrent de larmes.
—Vous avez raison de la plaindre, dit
le vieillard, mais elle fut bien coupable.—Quoi! vous, vous croiriez aussi?..
—Je n'en puis douter; un de mes fils
fut presque témoin du crime, et il arrêta la malheureuse mère au bord de
l'abîme, quand elle allait s'y précipiter
à son tour.

—Je la trouverai, s'écria Valcour,
dussé-je visiter toutes les habitations
solitaires des montagnes; mais il faut
d'abord m'occuper de votre liberté: je
retourne auprès du gouverneur. Bon
Perodi, ne m'en veuillez pas; je don-
nerais tout, jusqu'à ma vie, pour retrouver la malheureuse fille de Paolo. »

Il dit et se rend au palais d'Alberti:
« J'implore votre justice pour mon an-
cien hôte, dit-il au gouverneur: tout
prouve son innocence, et vous-même

avez pu juger qu'aucun indice ne l'accusait. » Alberti hésita un moment, mais convaincu que l'envoyé français était un homme qu'il fallait ménager, et n'ayant d'ailleurs aucun ressentiment particulier contre les bergers de Donino, il promit à Valcour qu'avant la fin du jour Perodi et sa famille auraient recouvré la liberté.

Le Français crut à sa parole, et se hâta d'en prévenir Ambrosio; puis il pressa le bon père de partir sur-le-champ. «Il n'y a pas un instant à perdre, lui dit-il; quelle que soit la solitude qu'habite Angelina, chaque jour peut accroître son infortune et son désespoir; plus de repos pour moi si je ne la retrouve. Les rochers de Donino, la forêt de Niolo, le pays de Jussani, je visiterai tout, et partout je prononcerai mon nom. Puisse-t-elle, dans sa retraite, apprendre qu'elle retrouve avec son époux un appui contre les nouveaux malheurs qui la menacent. » Le religieux approuva son impatience, et ils prirent ensemble la route qui conduit par Calenzane aux monts escarpés qui entourent la vallée de Donino.

A peine sortaient-ils des murs de Calvi, qu'un berger inconnu se présente aux portes de la ville et demande à parler au gouverneur; on veut le repousser, il insiste, et annonce aux gardes étonnés que sa vie dépend de ce message. On va en instruire Alberti qui ordonne qu'on l'introduise auprès de lui. Le messager paraît, et présente au gouverneur une lettre où il lit ces mots : « La famille de Perodi est inno-
» cente, et le gouverneur lui rendra la
» liberté s'il ne veut exposer ses soldats
» et lui-même au sort qu'ont éprouvé
» les Génois de Corté.

LE BANDIT D'AÏTONA. »

« Qui t'a chargé de ce message ?
demande Alberti, furieux. — Un
homme armé et inconnu qui errait
sur les rochers où paissent mes chè-
vres. — Le lieu ? — La fontaine du
Chêne-Rouge. — Retourne à la montagne, et dis à cet homme, s'il se présente devant toi, qu'Alberti a reçu sa
lettre, et que demain la Corse entière
connaîtra sa réponse. »

Le berger sort. Le gouverneur, fré-
missant de colère, se promène à grands
pas et murmure quelques mots. « J'al-
lais leur accorder la liberté, dit-il, je
l'avais promis. L'insolent croirait que
c'est par crainte... Non, non, il faut
soutenir le pouvoir de Gênes et faire
trembler le Bandit. » Il appelle un de
ses officiers. « La famille de Perodi
sera chargée de fers et conduite à l'instant par mer jusqu'à Saint-Florent.
Là, vous vous assurerez d'une escorte

suffisante pour transférer ces prisonniers à Bastia, où vous les remettrez
au pouvoir du juge suprême. Voilà
l'ordre, et voilà mon accusation. Vous
répondez de tout sur votre tête. » On
obéit. Un bateau préparé à la hâte reçoit, avec quelques sbires, les malheureux bergers de Donino, liés les
uns aux autres comme de vils criminels. La voile se déploie, et la barque
fendant l'onde rapide, disparaît bientôt derrière les caps qui forment les
sinuosités du rivage.

Le chef des troupes est alors appelé.
« Demain, au point du jour, lui dit le
gouverneur, vos soldats seront prêts à
marcher contre le Bandit d'Aïtona,
dont je connais la retraite. Le sang de
Gênes demande vengeance, et je serai
à votre tête. »

La nuit fut toute entière employée
aux préparatifs militaires, et avant

l'aurore, six cents hommes armés se montrèrent prêts à suivre Alberti. Cet aspect seul, dont il parut satisfait, modéra sa colère. Monté sur un coursier de l'île accoutumé à gravir les rochers, il prit le commandement de cette troupe, et se mit en marche. La terreur et l'effroi régnaient dans toute la contrée. Le nombre des soldats de Gênes faisait présager pour eux la victoire; mais l'intrépidité du Bandit était connue, et chacun frémissait à l'idée du sang que les deux partis allaient répandre.

CHAPITRE XXV.

Des larmes ! Jusque-là ta douleur te possède !
Il est, pour la guérir, un plus noble remède ;
Un privilége illustre, un des droits glorieux
Qu'un homme tel que toi partage avec les dieux :
La vengeance !...

MANLIUS.

VALCOUR et le père Ambrosio poursuivaient leur route, comptant sur la promesse d'Alberti, et persuadés que ce jour même verrait rendre à la liberté la famille de Calenzane. La nuit s'approchait, et le Français, qui ne pouvait plus goûter un moment de repos, voulut poursuivre sa route, et pressa le religieux de se reposer. « Je parcourrai ces montagnes, lui dit-il, et demain je retournerai auprès de

5*

vous..» Mais Ambrosio persista, et voulut braver la fatigue et ne point se séparer de son jeune ami.

Ils arrivèrent à la bergerie de Domino vers le milieu de la nuit. Un profond silence régnait dans cette solitude, autrefois animée par le bruit des troupeaux et le chant nocturne des bergers. Les voyageurs allumèrent quelques branches de bois sec, et s'assirent en face de la cabane. Un moment ils restèrent plongés dans une profonde rêverie. Le souvenir d'Angelina et l'aspect de cette retraite remplissaient l'âme de Valcour d'une tristesse sombre et pénible. Le bon père n'interrompait point ses pensées. Il est des douleurs vives et amères que les consolations ne peuvent adoucir. Il faut savoir les respecter et se taire; il faut attendre le moment des larmes, pour mêler ses pleurs à ceux de l'infortuné.

Il faut le dire : Valcour était déjà tout autre que ne l'avait vu la capitale. Il est facile, à l'aurore de la vie, de céder à la séduction de la gloire et des bruyans plaisirs ; mais si l'on s'écarte un moment du monde qui les prodigue, si l'on apprend les mystères de la solitude et ses secrètes inspirations, que de choses d'abord importantes disparaissent à nos regards ! Les préjugés et les opinions, en perdant leur empire, font place à la voix de la nature qui parle plus haut au cœur de l'homme. L'amour, les regrets, l'espérance et la peine, tout augmente, tout s'accroît pour celui qui, seul avec sa pensée, se plaît à errer sur la cime des monts et dans les forêts solitaires ; et son cœur, ouvert à tous les sentimens mélancoliques, repousse les impressions étrangères qui les ont précédés, comme sur le rivage qu'il domine, le roc isolé se maintient calme depuis des siècles, malgré les efforts des vagues et le courroux des aquilons.

Étrange inconstance du sort ! Et comment la vie des hommes ne serait-elle pas agitée sans cesse dans le tourbillon du monde, lorsqu'ici, sur un mont sauvage, dans une solitude presque inhabitée, et dans le court espace d'une seule année, cette bergerie fut témoin de l'hospitalité due au naufragé, des douceurs de la vie pastorale, du repentir de la vierge déshonorée, du crime que les préjugés ont fait naître, et des plus révoltans abus de la tyrannie ! Où sera donc le refuge de l'homme ? Saintes lois de la nature, où le protégerez-vous contre la corruption et l'iniquité ?

Telles étaient les pensées du vieillard, lorsque Valcour lui pressa la main. « Elle était ici, lui dit-il d'une voix attendrie. O mon père ! vit-elle encore ? ou serait-elle morte en me maudissant ? — Son jeune cœur ne savait point haïr, répondit Ambrosio, et son repentir, si nous l'avons perdue, l'a réconciliée à jamais avec celui qui punit le crime et qui prend pitié de l'égarement et de l'erreur. — Quelle vie affreuse j'envisage ? Ah ! sans doute il n'est point de termes aux remords. — Celui qui les inspire prouve au pécheur qu'il n'a point désespéré de lui. Il peut les faire naître et les éteindre ; il peut vous faire retrouver votre épouse, et n'avoir voulu que vous forcer à envisager avec horreur une faute que la société des hommes excuse, et dont vous voyez les affreux résultats. Jeune homme, ces cheveux n'ont point blanchi sur ma tête sans que j'aie eu à déplorer souvent les ravages des passions. Elles entraînent l'innocence au crime en égarant la raison, en étouffant la voix de l'âme, qui seule pourrait nous sauver. Angelina, autrefois si pure, est devenue coupable aux yeux des hommes. Ainsi se perdent les vertus et le repos sur cette terre. Un moment d'erreur a fait une criminelle de celle dont la vie devait honorer sa famille et son pays. — Et c'est à moi qu'elle le doit! s'écria Valcour. O mon père! je me fais horreur. — La leçon est terrible, je l'avoue; mais Dieu pardonne, et cette vérité consolante, que depuis soixante ans j'annonce aux hommes, est celle qu'il grava le plus profondément dans mon cœur. »

Ambrosio achevait à peine ces mots, qu'un homme que la cabane dérobait aux regards des voyageurs se présente

devant eux. Il avait entendu les der-
nières paroles du vieillard, et c'est à
lui qu'il s'adresse : « Dieu pardonne ?
dis-tu ; mais n'est-ce donc jamais dès
cette vie ? Quel plaisir peut trouver
l'Être suprême à tourmenter dans ce
monde la créature faible et impuis-
sante ? D'où vient que partout les crimes et la tyrannie triomphent des vertus et gouvernent l'espèce humaine ?
Dieu a-t-il dit au méchant : Ce monde
est ton empire, l'éternité sera le mien ? »

« Qui que tu sois, répond Ambrosio à l'inconnu, dis-moi d'abord à quel
titre doivent t'être révélés les secrets
de la Providence divine. Dis-moi si les
mystères d'en haut te sont utiles à
connaître pour répondre à l'espérance
d'une âme pure, ou si, chargé à ton
tour de crimes et d'iniquités, tu n'y
cherches que des motifs pour rassurer
ta conscience qui se soulève indignée ?

Dieu ne se communique point, sans doute; mais s'il est permis à l'homme d'implorer de lui des lumières supérieures aux intelligences communes, pour mieux le connaître et le comprendre, est-ce le méchant qui en sera écouté? Fais le bien d'abord, et tu t'étonneras après s'il n'adoucit point les misères de ta vie. Mais pour te plaindre déjà, quel bien as-tu fait? Réponds. »

« Sans doute, reprit Rosario (car c'était lui-même que Valcour regardait avec étonnement), sans doute il me siérait mal de murmurer contre la Providence. Cette main même a commis des crimes dont les seuls récits épouvantent le vulgaire timide. Mais est-ce un crime que de punir le tyran qui nous opprime, l'ami qui nous trahit, l'ennemi qui nous menace de sa vengeance? Quand notre courage peut changer l'ordre des choses et que notre patrie en gémit, n'est-ce rien que d'y consacrer notre vie ? Vieillard, parle avec franchise. Le Bandit d'Aïtona n'en veut désormais qu'aux enfans de Gênes, et il sait respecter la vieillesse et entendre la vérité. »

« Je vais donc te la dire, répond le religieux avec assurance; et tu la comprendras, car on assure que ton esprit est éclairé. Nos ancêtres murmuraient comme toi contre la puissance génoise, car ils en souffraient autant que nous. Un homme, né à Ornano, ne voulut point leur soumettre son courage, et se sentit trop faible pour leur résister. Il part de cette île funeste, offre ses services au roi de France, qui se connaissait en braves guerriers; et long-temps après, quand il eut mérité de ce monarque une ré-

compense, il demanda la liberté de
son pays. Ce n'était point assez des
secours que lui donnait la France;
Alger répondit à ses prières. Constan-
tinople le reçut dans son sein et lui
offrit des soldats. D'un bout de l'Eu-
rope à l'autre il cherchait des alliés,
et il les obtint. Sa présence dans cette
île fut terrible pour ses ennemis. Il les
vainquit et les dispersa. Si des traités
postérieurs rétablirent ici le pouvoir
de Gênes, Sampierre avait pour un
moment délivré sa patrie. Tel est le
brave. Mais toi, qui es-tu? Où est ton
armée? Quelles sont tes ressources?
De qui attends-tu les secours qui te
sont nécessaires? Ne vois-tu pas que
ta valeur est inutile à ton pays, et
qu'elle ne fait qu'exaspérer les tyrans?
Ne vois-tu pas que, séduits par ton
courage, des pères de famille volent
à ta suite et se dévouent à la mort?

Le nombre des victimes n'est-il pas assez grand encore? Qu'existe-t-il de si généreux dans ton dévouement? Rosario, je te plains. Tu étais né pour être un soldat ; mais tu n'es qu'un bandit, et ton nom sera en horreur, car on sait que les enfans de Gênes n'ont pas seuls éprouvé ta férocité. »

Le Bandit entendit ces mots avec calme. Puis, secouant la tête et se redressant avec fierté : « Je l'avoue, je ne sus jamais pardonner l'outrage, et la vengeance est douce à mon cœur ; c'est elle qui fait ma force et mon courage. La vengeance est notre droit, puisqu'avec nos maîtres barbares la justice est impossible. La vengeance est naturelle à l'homme. Il y renonce quand des tribunaux la remplacent ; mais lorsqu'à défaut de lois justes les affronts restent impunis, l'homme reprend son droit et il en use. Le sang de l'innocence ne m'a jamais tenté ; mais la vengeance me séduit, et je l'aime quand c'est un coupable qu'il faut frapper. Qu'a-t-on à m'opposer ? Des préjugés de pardon et de clémence ? Eh ! seront-ils clémens si je tombe dans leurs mains ? Non, sans doute. Prévenons-les, faisons contre eux ce que demain peut-être ils feront contre moi. »

Ambrosio allait répliquer. Un compagnon du Bandit se présente. C'est Giovani qui a revu le berger porteur du message. « Alberti vous menace, dit-il au Bandit, et la famille de Perodi ; embarquée dans un frêle navire, est dans ce moment dirigée vers Bastia. — Est-il possible ? s'écrie Valcour ; quand j'avais la parole d'Alberti !.... — La parole d'un Génois ! répond Rosario en souriant. Nous avons depuis long-temps appris à l'apprécier. » Il dit et s'éloigne. Les voyageurs l'ont bientôt perdu de vue dans l'obscurité qui les environne.

« L'infâme Alberti s'est joué de moi, dit Valcour au religieux, il me rendra raison de cet outrage. Tout semble conspirer pour redoubler mes peines! Mais où porter mes pas dans ce moment? Quel lieu visiterons-nous pour y chercher l'infortunée? — Cette bergerie, répond Ambrosio, est située entre la Balagne, le pays de Jussani et la vallée d'Asco. Dirigeons-nous vers ce dernier pays, que la fille de Paolo peut avoir choisi de préférence parce qu'elle y est inconnue. Nous pourrons ensuite revenir sur nos pas, et visiter le vallon obscur de Montegrosso, situé à l'autre extrémité de la forêt de Niolo. »

Ils se mirent aussitôt en route, et franchirent le mont qui borde à l'orient la vallée de Donino. L'aurore paraissait lorsqu'ils arrivèrent dans le pays d'Asco, si différent de ceux qui l'environnent. Ni la première clarté du jour, ni les derniers rayons du soleil couchant ne peuvent percer les forêts obscures qui couvrent ce vallon isolé; le midi seul l'éclaire pour quelques instans, et fait bientôt place à l'ombre des montagnes et des bois qui l'environnent. Là semble, depuis la création régner, un silence qui doit être éternel; l'œil n'y découvrit jamais la surface verdoyante d'une prairie, ni l'aspect agréable et simple d'un jardin rustique. Tout est sombre, et d'abord tout paraît désert. Cependant, du milieu de ces rochers dont la masse énorme et penchée semble menacer l'abîme, on voit sortir quelquefois un chasseur agile s'armant du stilet meurtrier contre le sanglier qui le poursuit. Comme les Corses sont solitaires au milieu du monde, l'habitant d'Asco est solitaire au milieu des Corses. L'aridité du terrain qu'il habite, son air froid et sévère et sa longue barbe donnent à sa physionomie un caractère sauvage qui lui est particulier. Jamais on ne le vit, comme ses autres compatriotes, interroger avec curiosité le voyageur étranger, ni sourire aux récits de ses aventures. L'habitant d'Asco semble étranger à l'univers; il ne connaît que sa grotte, sa cabane et sa forêt.

Ce lieu plut à Valcour. Il répondait à sa mélancolie; mais dans toutes les cabanes du vallon, il chercha vainement la fille de Jussani.

CHAPITRE XXVI.

Accourez, furies vengeresses ! animez
tout mon être de la cruauté la plus
horrible ! fermez le passage aux remords ! que la nature plaintive ne
vienne pas déranger mes desseins !

MACBETH.

PENDANT que les voyageurs faisaient
des recherches dans la vallée d'Asco,
Alberti arrivait avec sa troupe dans les
mêmes lieux qu'ils venaient de quitter. Il n'y demeura pas long-temps, et
se dirigea vers la fontaine du Chêne-
Rouge. Sur les rochers du torrent,
dans les lieux qui l'environnent, rien
ne s'offrit à ses regards. Il revint alors
par l'étroit sentier de Donino, et s'en-
fonça bientôt dans la forêt de Niolo,

cherchant partout le Bandit, et tenant ses soldats toujours réunis, pour prévenir les piéges qu'il pourrait leur tendre. La direction qu'il avait prise était celle de Montegrosso. Il arriva bientôt jusqu'au vallon solitaire où était situé l'asile d'Angelina.

La fille de Jussani aperçut la première la troupe du gouverneur. Elle rentra effrayée. Le berger la rassure et l'engage à dissimuler son émotion. Alberti se présente à la porte de la cabane.

« Berger, dit-il à l'hôte d'Angelina, mes soldats sont fatigués, et passeront la nuit autour de ta chaumière. Pour moi, c'est l'asile que j'ai choisi. Quel est cette fille? ajouta-t-il en fixant les yeux sur Angelina. — C'est ma nièce, répond celui-ci. — Son pays? — Belgodère. — Son nom? — Catherine. — N'avez-vous point vu l'un ou l'autre le Bandit d'Aïtona errer sur ces montagnes? — Il y était il y a y deux jours. — Quel chemin a-t-il pris? — La route de l'occident. »

Alberti sortit un moment pour faire camper ses soldats autour de son nouvel asile ; puis il rentra, et vint s'asseoir près du foyer, que, selon l'usage corse, le pâtre avait allumé au milieu de la cabane, et il interrogea de nouveau le berger. « Il y a quelques mois qu'une fille de Jussani habitait la bergerie de Donino, et elle en a disparu subitement. — Je le sais. — Sais-tu aussi qu'elle est accusée d'un crime? — Je ne l'ignore pas. — Ne connaîtrais-tu pas l'asile qu'elle a choisi? — Non, seigneur; mais je l'ai vue quelquefois à Donino. — Fais-moi son portrait. — Des cheveux blonds et bouclés, une taille assez élevée, des yeux bleus... — Berger, tu es de mauvaise

foi. J'ai fait prendre à Jussani des ren-
seignemens sur la fille de Paolo. Elle
est au contraire d'une petite taille,
les yeux noirs ainsi que les cheveux.
Quel intérêt as-tu à me tromper ?
Tiens, si le récit qu'on m'a fait est
fidèle, elle doit ressembler à ta nièce. »
Angelina frémit. « Catherine, lui dit
le gouverneur, êtes-vous ici depuis
votre enfance ? — Oui, seigneur, »
répond en tremblant la fille de Paolo.
Un bruit se fait entendre soudain à la
porte de la cabane. Un officier génois
se présente, et annonce à Alberti qu'un
berger des environs demande à lui
parler. « Qu'il entre, dit le gouverneur ; je vais savoir de lui si ce pâtre
a toujours eu une nièce, et si celle qui
s'offre à mes yeux dans ce moment ne
serait pas la coupable fille de Paolo. »
A ces mots, Angelina sentit tout son
sang se glacer ; son hôte leva les yeux

u ciel, et sembla désespérer du sort de l'infortunée.

Un homme paraît. Son vêtement est celui d'un berger Corse, et sa contenance est assurée. Il demande au gouverneur un moment d'entretien. Angelina l'a fixé à peine que l'espoir entre dans son âme. Elle a reconnu le Bandit d'Aïtona.

Le gouverneur le fait asseoir en face de lui, et lui ordonne de parler. L'hôte d'Angelina, debout derrière Alberti, observe les mouvemens de Rosario, pour deviner son projet et le seconder au premier coup d'œil. Le Bandit jette d'abord un regard autour de lui, puis il dit au pâtre : « Ne me fais pas attendre ; et pendant que je parle, prépare-moi le vin que je dois emporter. » Celui-ci roule soudain aux pieds de Rosario un baril qui se trouvait placé dans un coin de la cabane, et reprend ensuite sa place derriere le gouverneur.

Le Bandit, couvert du manteau corse, semble vouloir s'en débarrasser. Il a fait un geste, et Alberti le voit diriger vers lui deux pistolets : « Silence ou mort ! » Le pâtre a obéi au signal, et s'est précipité sur l'épée du gouverneur qu'il a enlevée. Cette épée, comme les deux pistolets du Bandit, menace la poitrine d'Alberti, et le pâtre a répété : « Silence ou mort ! »

« La résistance serait inutile, dit Rosario. Nous pourrions t'immoler et braver tes soldats ; le baril que tu vois est plein de poudre, et il n'est qu'à un pas du foyer. Crois-moi, obéis sans murmurer. » Et ils poussent tous les deux le gouverneur vers le caveau de la cabane dont la trappe qui le couvre se referme sur eux.

Que l'on se figure la situation d'Angelina. De l'effroi que lui causaient les soupçons du gouverneur, elle a passé à une terreur encore plus forte. Un bruit sourd se fait entendre dans le caveau ; elle prête l'oreille et croit distinguer des cris étouffés... Ses cheveux se dressent d'horreur... Elle tremble que les soldats d'Alberti n'accourent. Tout à coup, au bruit qui a fixé son attention, succède un silence profond. La trappe du caveau se relève ; Rosario et le pâtre ont reparu aux yeux d'Angelina.

« Rassurez-vous, dit le Bandit d'un air calme à la fille de Jussani, et suivez-nous. » Ils ouvrent la porte de la cabane, et la referment avec précaution. A travers l'obscurité, ils ont vu briller des armes, et quelques soldats viennent à eux. « C'est affreux ! s'écrie soudain Rosario. Pour s'établir dans notre cabane, en chasser de pauvres bergers ! Où trouverons-nous un asile à présent ? Est-ce ainsi que l'on ravit au misérable le toit qu'habitaient ses pères ? »

Les soldats de Gênes ont entendu distinctement ce discours. « Né murmurez point contre le gouverneur, répondent-ils, et abandonnez votre chaumière, puisqu'il l'ordonne. » Et les fugitifs, en murmurant, ont traversé sans danger la triple haie que forment les guerriers.

Ils ne s'arrêtèrent qu'au pied de ces monts rocailleux dont le voyageur aperçoit de loin la cime en tout temps couverte de neige, soit qu'il les contemple du rivage de Calvi comme la limite de l'horizon, soit que du pays de Jussani il admire leur masse imposante, servant de barrière à trois pays dont les mœurs et l'aspect différeraient moins si leurs habitans pouvaient plus facilement communiquer entre eux.

Sur la pente du mont, derrière les makis touffus qui, pressés au pied des frênes qui les dominent, ne laissent apercevoir aucun sentier où l'ou reconnaisse les pas de l'homme, une grotte escarpée se présente à leurs regards ; les premiers rayons du soleil qui l'éclairent font briller aux yeux le jaspe et l'azur qui la décorent, et qui se détachent avec éclat sur la teinte grisâtre du granit dont tous les rochers sont formés ; trésors qui dans tous les autres pays font la richesse de l'homme, et qui languissent dans ces lieux incultes où il les néglige et semble les ignorer.

La fille de Paolo, saisie encore d'effroi au souvenir du danger qu'elle venait de courir, ne pouvait se défendre d'un sentiment pénible en songeant que sans doute Alberti avait trouvé la mort dans ce caveau où l'avait entraîné le Bandit. Les cris lugubres qu'elle avait entendus épouvantaient encore son esprit, et elle n'osait interroger ses deux compagnons qui la guidaient en silence. En arrivant à la grotte, Rosario jette son manteau, trempe son stilet dans l'eau du ravin, l'essuie et le replace froidement à sa ceinture. « Il est donc mort, dit Angelina. —Ne lui avais-je pas promis le sort des Génois de Corté ? où sont-ils maintenant ? — Ah ! j'eusse aimé mieux peut-être ne pas être délivrée au prix d'un crime. — Et moi, j'y trouvais deux intérêts : le désir de te servir et la soif de la vengeance. L'insolent a bravé ma menace, depuis long-temps je sais que mes compagnons ne peuvent résister aux forces de leurs ennemis ; mais il faut enfin apprendre à Gênes que les armées ne peuvent rien, et que le Bandit d'Aïtona

6*

saura toujours arriver au Génois dont il aura médité la mort, fût-ce le juge suprême ou le gouverneur-général lui-même. »

Après ce discours Rosario pressa le berger de le suivre, craignant que ses compagnons, qu'il avait laissés de l'autre côté du mont, ne fussent inquiets de sa trop longue absence. « Reposez-vous vers cet antre, dit-il à Angelina, je vous rejoindrai dans ces lieux avant le milieu du jour. »

Un incident devait amener ce jour même un malheur déplorable. Depuis long-temps les chefs Génois laissaient leurs troupes se livrer à des excès coupables qui s'accordaient avec le système de terreur qu'ils avaient adopté. Un des soldats d'Alberti avait aperçu Angelina, et la croyant la nièce du berger de Montegrosso, il osa concevoir pour elle des désirs criminels que la

présence du gouverneur avait empêché
d'éclater; quand le bruit courut qu'elle
était chassée de la cabane, il la suivit
de loin, et arriva jusqu'à l'asile que ses
deux compagnons avaient choisi, mais
l'épaisseur du bois lui déroba l'entrée
de la grotte, et après quelques recherches inutiles, il revint auprès de la
troupe qui ignorait la mort de son chef.

Au point du jour l'on n'avait point vu
paraître Alberti; et l'on attendit croyant
qu'il prolongeait son repos; cependant
l'heure s'écoule et le gouverneur ne
vient pas. On se décide à entrer dans
la cabane; on l'y cherche en vain. Un
soupçon sinistre a frappé les principaux
officiers; il descendent dans le caveau
dont l'entrée s'est offerte à leurs regards. Quel spectacle affreux se présente! le corps sanglant est étendu sur
le sol, et sa tête est cachée sous un
monceau d'herbes sauvages qui ont

servi aux assassins pour étouffer la voix
de leur victime!....

On s'écrie, on s'agite, on interroge
les soldats pour savoir de quel côté les
meurtriers ont porté leurs pas. L'un
d'eux se présente, et avoue qu'il les a
suivis pour ne pas perdre de vue la
jeune fille qui sans doute est leur complice. L'espoir anime aussitôt cette
troupe impatiente de venger son chef,
et elle suit ce guide qui marche à sa
tête en examinant avec soin tous les
lieux.

Que faisait dans cet instant la malheureuse fille de Jussani? seule, abandonnée à sa douleur, et gémissant du
crime dont elle venait d'être témoin,
elle trouva enfin des larmes et pleura
amèrement sur son sort qui, dans le
passé, le présent, l'avenir, n'offrait,
hélas! qu'un assemblage des plus hor-
ribles infortunes.

Tout à coup la marche d'une troupe armée se fait entendre ; c'est l'heure à laquelle Rosario doit reparaître. Elle sort de la grotte croyant voir le Bandit et ses compagnons. O surprise ! la troupe génoise est toute entière devant elle, le guide a poussé un cri : « La voilà ! » et elle se voit envelopper de toutes parts. On cherche dans la grotte, dans les environs, rien ne paraît ; on revient à elle, on charge de fers ses faibles mains, on l'accable d'injures, on l'accuse à haute voix du meurtre du gouverneur, et les officiers ont donné l'ordre de la traîner dans les prisons de Calvi.

CHAPITRE XXVII.

Le téméraire va au devant des dangers
et il s'y jette ; mais souvent la force
l'abandonne quand il s'y trouve.
LABRUYÈRE.

PEU de temps s'était écoulé depuis
que les Génois avaient quitté la grotte,
dernier asile de la triste fille de Jussani , lorsque le Bandit y arriva avec
sa troupe. Son étonnement fut extrême
en n'apercevant plus Angelina ; inquiet
et agité il attendit quelques instans ;
mais Giovani qui s'était éloigné de
quelques pas distingua sur une des
montagnes les soldats d'Alberti dont
la direction indiquait assez qu'ils venaient de quitter ce lieu désert., et en
fixant les yeux sur eux avec quelque

attention, ils crurent voir, au milieu du vide qu'ils formaient en se séparant, une femme qu'ils ne doutèrent pas être la fille de Paolo.

A cette vue les compagnons de Rosario qui tous s'intéressaient à Angelina furent consternés. « Que ferons-nous ? dit Giovani à son chef qui gardait le silence. — Rien, répondit celui-ci d'une voix morne et d'un air pensif ; rien, car vous n'êtes pas hommes à vous sacrifier tous pour une infortunée. » Puis tout à coup se ranimant avec fierté : « Je vous fais injure, leur dit-il, amis, un jour ou l'autre, doutez-vous que Gênes ne finisse par nous exterminer tous ? et si nous devons périr, pourrons-nous toujours le faire en sauvant un malheureux ? Dieu nous aidera sans doute ; et cette troupe qui a perdu son chef n'est peut-être pas si bien disposée à faire son devoir que nous pourrions le craindre. Marcherez-vous avec moi? — Marchons ! répondirent à la fois ses compagnons intrépides. » Et le sourire parut sur les lèvres du Bandit d'Aïtona.

« Ils connaissent peu le terrain, ajouta-t-il ; ne les voyez-vous pas suivre ce sentier qui tourne la montagne par un long circuit? En franchissant directement jusqu'au sommet les deux collines qui nous séparent de la forêt de Niolo, nous arriverons à cette forêt qu'ils en seront loin encore. Je ne vous flatte pas , le succès est presqu'impossible , car nous n'eûmes jamais à combattre des ennemis si nombreux ; mais la victoire peut encore être à vous si vous combattez jusqu'à la mort. — Nous le jurons ! s'écrièrent-ils. — Marchons! »

Ils arrivèrent en effet avant les Génois à l'endroit où la forêt commence du côté de Montegrosso. Là, Rosario les fit tous reposer en ne perdant pas de vue le bataillon de leurs ennemis qui s'avançait de loin en bon ordre ; mais cette fois les officiers de Gênes avaient à leur tour aperçu de loin les brigands, et une partie de leur troupe se détacha pour aller leur couper la retraite. Cette manœuvre n'échappa point à Rosario, mais il ne la communiqua point à ses gens dans la crainte que leur courage ne vînt à fléchir devant l'apparence d'une mort certaine ; il leur dit seulement : si vous délivrez la jeune fille, gagnez le pays à l'orient et cachez-la parmi les rochers ; car c'était vers l'occident que se dirigeait le détachement qui devait venir les surprendre.

Enfin les Génois se présentent, et montent d'un pas rapide et avec un ensemble redoutable le sentier dont le

Bandit fermait le passage. A côté du lieu où il s'était arrêté, une chapelle solitaire et abandonnée bordait le chemin. Il saisit pour commencer l'attaque le moment où dominant sur ses adversaires il peut se faire des vieux murs de la chapelle un rempart contre les coups qu'ils dirigent contre lui. De leur côté, les Génois avaient fait passer la jeune fille dans leurs derniers rangs, et s'apprêtaient à repousser l'attaque avec vigueur. Elle s'engage enfin ; guerriers et bandits, chefs et soldats fondent tous les uns sur les autres avec une impétuosité terrible. Le choc fut rude, et les brigands avaient sur leurs ennemis l'avantage de leur position ; aussi dès leurs premiers coups la troupe de Gênes fut ébranlée. Ce n'était point avec la régularité des troupes aguerries que les bandits fondaient sur leurs adversaires. Sans cesse tournant autour d'eux sur le plateau incliné que traversait le sentier, ils volaient en un instant d'un côté à l'autre, harcelant l'ennemi et le fuyant presqu'aussitôt, revenant à la charge et s'éloignant encore, puis s'attaquant enfin aux plus redoutables, et les combattant corps à corps avec la rage du désespoir. Ce n'est point à leur tête ni au milieu d'eux qu'est le Bandit; il est partout et nulle part; il est là; car il frappe, et le coup ne peut l'atteindre; car il a disparu. C'est aux chefs surtout que vise sa fureur; presque tous ont succombé, mais la moitié des Génois restent encore, et Rosario n'a plus autour de lui que quelques-uns des siens. A moi! leur crie-t-il d'une voix désespérée, et ils se rallient. Leurs derniers coups seront terribles, les soldats l'ont prévu; ils ont quitté subitement le sentier, et se portent sur le plateau déjà jonché de cadavres ; là, formés en carré impénétrable ils ont placé leur prisonnière au milieu d'eux. Le Bandit s'élance sur l'un des angles que forma cette masse mobile, il frappe, il égorge, il tue , et c'est en vain. Un guerrier remplace le guerrier qui tombe, un bras vigoureux succède au bras qu'il vient d'abattre , on se presse, on marche, il recule et se sent affaibli par son sang qui coule. Il jette un regard en arrière : il est seul, seul!... et il fuit...

Il va gagner rapidement la forêt; le détachement qu'il craignait se présente et lui barre le passage ; il revient sur ses pas, on le poursuit. A l'occident , une pente rapide conduit au sommet d'une montagne qui, de l'autre côté, n'offre qu'un rocher perpendiculaire, taillé à pic et dominant sur la plaine. L'imprudent a dirigé sa course sur ce point; cerné de toutes parts, il

arrive au sommet, il contemple le pré-
cipice ; les terres éboulées forment au
pied du roc un immense monceau de
sable ; il se retourne, voit l'ennemi qui
s'approche, et se lance au loin dans
l'espace.

Les soldats arrivent au bord, leurs
yeux sondent la profondeur de l'abîme,
et distinguent à peine un homme
souillé de sang et de poussière qui roule
jusqu'au fond du vallon ; ils s'arrêtent
haletans, ils se regardent tous, épou-
vantés de tant d'audace, et reportant
leurs regards vers la plaine, ils voient
le Bandit se relever et s'asseoir sur le
gazon pour rassurer son corps ébranlé
par cette chute épouvantable.

L'intérêt de leurs blessés qui récla-
ment des secours, le soin de leur prisonnière, la crainte que cette troupe
ne fût pas la seule sur leur chemin, et
l'impossibilité de résister à une seconde

attaque engagèrent les Génois à conti-
nuer leur route, et à renoncer au long
détour qu'il eût fallu faire encore pour
poursuivre le fugitif. Ils se perdirent
bientôt dans la forêt de Niolo, où leurs
blessés furent portés sur des brancards
préparés à la hâte.

C'était l'heure où Valcour et le père
Ambrosio, qui, depuis le matin, avaient
quitté la vallée d'Asco, se dirigeaient
vers le vallon de Montegrosso. Ils
étaient depuis peu d'instans sortis de la
forêt qu'ils avaient parcourue en tous
sens, et suivaient de préférence le chemin de la plaine où les bergers ont des
habitations, tandis qu'on en trouve
peu sur le sommet de la montagne.
Déjà ils avaient frappé à la porte de
plusieurs chaumières, et les réponses
que l'on avait faites aux questions du
vénérable religieux enlevaient tout
espoir à Valcour et remplissaient son

âme d'une douloureuse amertume.
Tout à coup, sur le bord du chemin,
un objet hideux frappe les yeux des
deux voyageurs. Un homme haletant
et épuisé, dont les traits sont cachés
presque entièrement par le sang qui
les couvre, paraît les fixer avec assurance ; son regard effayant a fait frémir
Valcour. Ses blessures, sa fatigue,
l'oppression qui l'agite semblent annoncer l'affaiblissement des forces humaines et l'horrible approche de la
mort ; et cependant sa tête se relève
avec audace et semble défier encore le
sort qui vient de le frapper. Le Français
s'approche de lui et le vieillard ne tarde
point à le suivre : ils ont reconnu le
Bandit d'Aïtona.

Valcour lui témoigna sa pitié. « Ne
me plains pas, dit Rosario, plains une
centaine de braves qui tous viennent
d'expirer à mes côtés ; plains leurs

familles désolées dont je me figure le désespoir... plains une jeune fille que je voulais sauver, et qui, au prix de tout leur sang, n'a pu être délivrée. Quand le Bandit, si féroce, leur doit des larmes, quels cœurs ne s'attendriront pas pour eux ? — Une jeune fille! s'écrie Valcour. De grâce, son nom...» Rosario, étonné de ce mouvement subit, fixe avec inquiétude ses regards sur le Français, et soudain pense que le secret d'Angelina peut encore ne pas être découvert. « Son nom ? dit-il. Catherine de Belgodère. — Quel est son crime? — On l'accuse de la mort d'Alberti, et le Ciel sait son innocence. — Alberti n'est plus ! — Ce stilet l'a frappé, et a purgé la Corse d'un de ses tyrans. »

Les soupçons de Valcour s'évanouirent alors. Il voulut offrir des secours au blessé qui les refusa. « Quoique seul, dit celui-ci, je suis encore redou-

table, et je saurai trouver un asile.
Eh ! que m'importe d'ailleurs de vivre
où de mourir ? Je ne demande au ciel
des forces que pour frapper la tyrannie. Nul ne me succédera dans ce mé-
tier terrible, et c'est ce qui me fera
regretter la vie. Que fais-je autrement
sur la terre ? Mes compagnons n'y sont
plus ; le fidèle Giovani !..., » En pro-
nonçant le nom de son ami, le Bandit
voulut en vain retenir ses larmes. Il
pleura ; puis, reprenant son courage
et sa fermeté, il dit adieu aux voyageurs et se disposait à les quitter. « Un
mot encore, lui dit Valcour. N'auriez-
vous pas, dans vos courses, entendu
parler d'une fille de Jussani qui habitait la vallée de Donino ? —Son nom ?
demanda Rosario. — Angelina. — Je
la connais. — Ah ! je vous en conjure,
répondez-moi : vit-elle encore ?—Elle
vit. — Où la retrouverai-je ? — A San-

Nicolazzo , » répondit le Bandit d'une voix triste et lugubre ; et il s'éloigna à pas lents.

Valcour regarde Ambrosio avec surprise. « Que veut-il dire ? Qu'est-ce que San-Nicolazzo ? — C'est la place de Bastia où nos tyrans font exécuter leurs arrêts de mort. — Quelle horreur ! » s'écrie le Français ; et ils poursuivirent leur route en silence.

~~~~~~

CHAPITRE XXVIII.

Dans ces sombres murs, dans ces cham-
bres silencieuses, tu trouveras des traces
d'un crime commis depuis long-temps.

<div align="right">SPENCER.</div>

PENDANT plusieurs heures qu'avait
duré sa marche, Angelina avait senti
ses forces diminuer progressivement.
Ses gardiens, cependant, ne voulurent
point s'arrêter dans la forêt de Niolo,
craignant toujours une surprise. Arrivés à la vallée de Douino, ils résolu-
rent de se reposer; mais ils s'éloignè-
rent de la bergerie, et gagnèrent le
sommet d'une montagne voisine, d'où
l'on pouvait découvrir de tous côtés
ceux qui se dirigeaient vers ce lieu.

Du haut de ce mont, la fille de Paolo promena sa vue autour d'elle et aperçut dans le lointain l'heureuse vallée de Jussani, pays d'amour et d'innocence où s'écoulèrent ses premières années dans la paix de la vertu, où elle était citée aux enfans par les pères comme un modèle de sagesse et de piété filiale, où chaque jeune fille l'aimait comme une sœur, et chaque vieillard comme une fille chérie. Là, derrière ce bois de châtaigniers, est le hameau du Mausolée qui la vit naître et fut témoin des jeux de son enfance. Là, sur le plateau qui le domine, elle paraissait, au jour du Seigneur, la plus belle et la plus pure parmi les vierges de la contrée. Son âme semble franchir l'espace, et dans son illusion elle a cru, transportée en des temps plus heureux, errer encore sur les gazons qui entouraient la maison de ses pères. Sa douce erreur fait couler ses larmes, et le souvenir touchant des fêtes champê- tres a fait encore palpiter son cœur comme aux jours de son innocence. Charme doux et puissant des rêves de l'infortuné! Au sein des maux les plus affreux, il vous doit encore la douceur de quelques délicieuses pensées!...

: Qu'il fut douloureux, le regard qu'elle reporta ensuite autour d'elle! lorsqu'à travers ses douces larmes, elle n'aperçut plus que des soldats fa- rouches, des fers, et l'appareil de la tyrannie! lorsque ce silence de quel- ques momens fut interrompu par les menaces de ces barbares, et que les sinistres prédictions de la mort, venant frapper son oreille, succédèrent aux tendres émotions de sa mélancolie! Esclaves stupides et féroces qui ne sen- tent pas le malheur d'accabler l'oppri- mé! Sans pitié pour une créature fai-

ble et sans défense, qui souffre et ne se
plaint pas, qui pleure et n'accuse pas,
et qui tournant encore des yeux noyés
de larmes vers le berceau de son enfance, semble laisser la moitié de sa
vie dans ces lieux solitaires, que sans
doute elle ne doit jamais revoir !...

O! qui de nous, en la voyant, n'ou-
blierait le crime de l'infortunée, en se
rappelant l'erreur qui la rendit criminelle ! Qui de nous ne lui pardonnerait
pas l'égarement qui sépara pour toujours de la société des hommes, un être
doux et tendre qui méritait d'en être
estimé ! Homme! avant de maudire le
crime, remonte aux causes qui l'ont fait
naître, et interroge ta conscience ! Que
de sang sera épargné pour l'échafaud !

A Calenzane, que traversa le cor-
tége sinistre ; à Calvi, où il s'arrêta
enfin, de toutes parts on accourait
pour voir la malheureuse fille de Paolo.

Hommes, femmes, enfans, tous, en la voyant, furent pénétrés d'une profonde tristesse, et chacun au prix de son sang aurait voulu délivrer la triste Angelina.

La mort d'Alberti répandit d'abord la consternation parmi ceux des Génois qui n'avaient point fait partie de sa troupe ; mais les habitans de Calvi ne purent dissimuler le plaisir que leur causait cette nouvelle, et la rage de leurs oppresseurs s'en accrut. Un des officiers qui avait partout suivi le gouverneur fut chargé de porter à Bastia le récit de sa mort, et d'y conduire en même temps celle qu'on accusait d'être la complice de ses assassins. L'on n'ignorait, hélas! ni le nom, ni la famille d'Angelina, car cet officier avait eu connaissance des soupçons qu'Alberti avait conçus dans la cabane de Montegresso, et les réponses de la jeune fille à quelques questions qu'on lui avait adressées avaient bientôt fait connaître que ces soupçons étaient fondés.

Fidèles à l'usage établi par Alberti pour déjouer toute tentative d'enlèvement, les Génois embarquèrent la fille de Jussani sur un navire qui faisait voile pour Bastia, où elle allait comparaître devant le juge suprême de l'île.

Que faisait cependant le malheureux Valcour? Errant de cabane en cabane au vallon de Montegresso, il désespérait de retrouver l'infortunée, lorsqu'il arriva à la chaumière solitaire où Alberti avait reçu la mort. La demeure du pâtre était abandonnée; la porte en était restée ouverte, et personne ne répondit à sa voix. « Reposons-nous un moment en ce lieu, lui dit le père Ambrosio; puis nous poursuivrons no-

tre route vers les forêts de Montegresso. » Ils entrent ; mais à peine se
sont-ils assis près d'une table cham-
pêtre, que Valcour a remarqué à terre
des traces de sang répandues sans
doute par le cadavre d'Alberti, qu'on
y avait déposé en le retirant du caveau. A cette vue, il ne peut résister
à un mouvement de terreur. « C'est
sans doute ici, lui dit Ambrosio, que
le gouverneur a été assassiné. » Valcour promène avec horreur ses regards
sur tous les objets qui se présentent
dans cet asile du crime. « Je plains,
continue Ambrosio, cette jeune fille,
cette Catherine de Belgodère, que l'on
accuse d'être la complice du Bandit.
Celui-ci se soustraira peut-être à la
rigueur des juges sévères, tandis que
l'innocence sera frappée pour les forfaits que lui seul a commis. » Le vieil-

7*

lard retombait dans sa rêverie, lorsqu'un cri de Valcour l'en retire aussitôt. « C'est elle ! s'écria-t-il avec une
vive émotion., c'est elle ! — Que voulez-vous dire ? — Angelina !... La fille
de Belgodère n'est autre qu'Angelina.
— Est-il possible ? — Voyez ! » Et il
montre du doigt un des murs de la cabane où le charbon du foyer a tracé le
nom de Valcour.

« Quelle autre main que celle d'Angelina aurait tracé ces caractères ?
poursuit Valcour tout agité. Bon Ambrosio, reposez-vous ; n'accablez point
de fatigue un corps moins robuste que
le mien. Je pars à l'instant ; je vole à
Calvi, où sans doute on l'a conduite.
Mon sang, ma vie, tout est à l'infortunée. La sauver ou mourir avec elle,
c'est mon devoir. Adieu.—Mais écou-
tez. — Chaque instant de retard peut
la perdre. Vous me rejoindrez à Calvi.

Adieu. » Et déjà, pressant vivement les flancs de son coursier jeune et rapide, il s'est éloigné du vieillard qui le voit déjà sur l'horizon pour le perdre de vue presque aussitôt.

La vallée de Donino, les monts de Calenzane, la plaine immense qui s'étend de ce pays aux portes de Calvi, tout cet espace si long au gré de son impatience, le Français l'a franchi avant la fin du jour. Son coursier agile semblait entendre sa voix et passait comme l'éclair aux yeux des bergers étonnés. Valcour est rentré dans la citadelle de Calvi. Il monte au palais du gouverneur dont la façade tendue de noir est préparée pour la cérémonie lugubre. Il pénètre dans la salle du conseil où plusieurs officiers génois sont réunis, et, haletant de fatigue, il leur demande si une jeune fille a été amenée par des soldats. « La

fille de Jussani ? lui dit-on. Elle est accusée d'un double crime. — Où est-
elle ? s'écrie Valcour avec impatience.»
L'un d'eux s'approche d'une croisée
ouverte, et lui montrant dans le lointain un navire que les premières om-
bres de la nuit permettent à peine de
distinguer vers l'occident : »Demain,
dit-il, à cette heure, elle sera dans les
prisons de Bastia, à la disposition du
juge suprême. »

A peine a-t-il entendu ces mots,
que le souvenir de l'infâme Spinola se
retrace à son esprit. Il s'éloigne brusquement du palais du gouverneur, et
redescend vers le port. Un batelier
s'offre à sa vue. « Prépare-toi, lui
dit-il, à partir dans l'instant pour Bastia. Si le vent devient contraire, tu
me jetteras sur l'un des hameaux du
rivage où je pourrai trouver les moyens

de poursuivre ma route par les che-
mins des montagnes. »

Il dit ; le batelier se prépare. Sa
voile légère est déployée ; le bruit
des rames frappe l'onde, et la barque
franchit l'enceinte du port. A la faible
lueur du crépuscule, Valcour distin-
gue encore le navire qui porte la fille
de Jussani ; mais bientôt la nuit devient plus sombre, et les montagnes
du Cap Corse disparaissent à ses
yeux. L'obscurité qui l'environne, le
silence qui règne sur la rive, et le
chant triste et monotone du rameur
ont disposé le voyageur fatigué à
goûter un moment de sommeil ; mais
l'agitation de ses pensées lui inspire
des songes pénibles, et je ne sais
quel pressentiment sinistre, le réveil-
lant à chaque moment, porte dans
son âme une terreur secrète dont il

voudrait en vain se défendre. Il arriva enfin à Saint-Florent, deux heures après que le soleil eut paru sur l'horizon, et de là il se dirigea à travers les monts du Cap Corse vers les murs de Bastia.

A peine est-il arrivé à sa demeure, dans le bois d'oliviers qui borde le rivage au nord de la ville, que chacun apprend que l'envoyé de France est de retour. Gonsalvi s'en étonne; mais il est plus surpris encore lorsque Valcour le presse de lui permettre un entretien avec la fille de Paolo.

« Je vous instruirai bientôt du motif de cette démarche, dit le Français au gouverneur; mais ne me refusez pas ce que je vous demande. — On n'aborde que difficilement nos prisonniers, dit Gonsalvi; notre usage s'opposerait à ce que vous exigez de

moi ; mais je ne veux point vous déplaire. » Et il signe l'ordre de laisser
pénétrer Valcour dans les cachots où
gémit la fille de Jussani.

CHAPITRE XXIX.

Qui sait si Dieu ne se retournera pas vers
nous pour nous pardonner? s'il ne
s'apaisera point? s'il ne révoquera
point l'arrêt de notre perte; qu'il a
prononcé dans sa colère?

GENÈSE.

En arrivant dans les prisons de Bastia, la malheureuse Angelina se croyant
sans aucun appui, et séparée du monde
entier comme si déjà le glaive des
bourreaux l'avait frappée, résolut de
consacrer à des devoirs religieux qui
n'avaient cessé d'occuper son cœur les
derniers momens de sa fragile exis-
tence. Résignée d'avance au sort qui
l'attendait, elle ne le considéra plus
que comme un châtiment dont le Ciel

punissait le crime dont elle s'était rendue coupable ; et ne voyant plus dans les maux qu'elle avait soufferts qu'une juste expiation de ses fautes, elle espéra tout de cette providence mystérieuse qui devait être satisfaite de cette compensation de crime et de douleur.

La garde chargée de veiller sur elle ne quitta pas d'un moment la porte du cachot obscur où elle était renfermée ; mais elle remarqua que l'officier qui la commandait n'attendait qu'une occasion favorable pour lui parler ; elle ne fut pas long-temps différée. « Fille de Paolo, lui dit le Génois, je voudrais vous être utile, dussé-je exposer mes jours. Par quel moyen pourrais-je vous servir ? S'il vous était possible de prouver votre innocence et de confondre vos juges, j'oserais tout tenter pour en venir à bout. Indiquez-moi ce qu'il faut faire, et comptez sur Raphaël. »

En entendant ce nom, Angelina se souvint de la fille de Perodi, et du récit touchant de son amour pour le Génois. « Généreux guerrier, lui dit-elle, apprenez-moi d'abord ce qu'est devenue la famille de Perodi. — Ils sont tous en liberté, répondit Raphaël, mes soins ont importuné leurs juges, et leur innocence est enfin connue. Anna, l'aimable Anna que j'adore, et dont son père veut enfin m'accorder la main, ne consent à devenir mon épouse qu'après que j'aurai tout tenté pour vous délivrer ; je lui obéis avec ardeur : mon cœur entend le sien, et je serai bien malheureux si mes soins pour vous sont inutiles. — Eh ! quel moyen d'éviter le sort qui me menace ? dit tristement la fille de Jussani ; je suis innocente de la mort d'Alberti ; mais est-ce le seul crime dont vos juges doivent m'accuser ? Il en est un autre dont je

ne serai que trop facilement reconnûe
coupable; et quel moyen d'éviter la
loi qui doit me punir? — Il en reste
encore un, dit Raphaël, gardons-nous
de le négliger : un Français causa tous
vos malheurs, je le sais; un envoyé du
roi de France est depuis peu arrivé
dans cette île, il faut l'intéressér en
votre faveur. — Et que pourra-t-il
pour la pauvrè Angelina? quel intérêt
l'envoyé français peut-il prendre au
sort d'une paysanne corse? — Tentons
d'abord ce moyen, ajouta Raphaël, et
s'il ne nous réussit pas, puisse le Ciel
m'inspirer quelque pensée pour votre
délivrance! »

Raphaël parlait ainsi, lorsqu'à un
signal usité chez les guerriers, sa troupe
court aussitôt prendre les armes pour
rendre des honneurs à un personnage
distingué. Une voix annonce l'ambas-
sadeur de France. L'officier génois se

présente devant lui ; Valcour demande à voir seul la fille de Jussani, et montre l'ordre du gouverneur. La porte du cachot s'ouvre et se referme derrière lui.

Le Français court à Angelina, il la tient, il la presse dans ses bras ; ses sanglots étouffent sa voix et lui permettent à peine d'adresser la parole à l'infortunée. Pour elle, surprise, immobile, elle ne peut concevoir encore que son amant soit devant ses yeux ; elle le voit, l'examine d'un air effaré, puis, comme rappelant un souvenir tendre et déchirant, elle pousse un cri aigu et tombe dans les bras de Valcour. Il la soutient, il la rappelle à la vie ; elle revient à elle, le fixe encore, se jette de nouveau dans ses bras, et verse un torrent de larmes. « Mon Angelina, c'est moi, reconnais Valcour qui n'a cessé de t'aimer et qui te retrouve enfin.

—Dans quels lieux ! — Je saurai t'y soustraire. — Impossible, je suis criminelle. — Eh ! ne suis-je pas moi-même plus coupable ? — Mon enfant, le tien, je lui ai donné la mort. — Horrible pensée, bannis-la de ton souvenir. — Il vivrait, tu serais là, et je serais heureuse !..... — Ne désespère pas du bonheur. — Non, non, il n'en est plus. Le remords, le supplice...—Angelina, je t'en conjure... — Mère dénaturée, le Ciel me punit.— Il peut pardonner. —En te voyant je sens que sa vengeance est terrible. La mort m'attend. —Horrible pressentiment! éloigne-le, je t'en supplie! — Je t'ai vu pour te perdre. Il faudra te quitter pour toujours !... —Rien ne peut rompre nos nœuds. — L'échafaud les rompt tous. — Je périrai avant que tu meures. — O mon Dieu! mon Dieu!.... s'écrie Angelina en pleurant; et je pouvais être heureuse!......» Et ses pleurs recommencèrent à couler. « Calme ton désespoir, fille infortunée, la Providence qui nous réunit ne veut point te perdre. Je viens te protéger et te défendre; c'est moi, moi seul qui suis coupable. Quand j'abusai de ta faiblesse et de ton innocence, où pouvais-tu trouver des forces pour résister à mon amour? qui pouvait ramener ta raison quand l'égarement de la douleur et du désespoir te fit oublier que tu étais mère?.... — Valcour, reprit Angelina avec plus de calme, tu m'excuses, mais nos juges seront moins indulgens que toi. Oui, Valcour, c'est toi qui m'as rendue malheureuse; c'est toi par qui je vais mourir... je ne te le reproche point, cette idée te sera pénible après ma mort. Eh bien, souviens-toi, me le promets-tu? souviens-toi qu'Angelina te pardonne, qu'elle

t'aima toujours, et qu'après Dieu son
dernier soupir sera pour toi. Ne te désespère pas, Valcour, mon sort est
horrible; mais je l'ai mérité. J'irai à
l'échafaud sans me plaindre. Ah! que
ne puis-je y aller innocente! que n'ai-
je pu te rendre ton enfant, et mourir
après, n'importe comment! il t'aurait
rappelé la pauvre Angelina.... »

Valcour, le sein oppressé, ne répondait plus; mais bientôt rappelant une
fermeté qu'il voulut montrer surtout
pour rassurer son amie : « Fille de
Paolo, lui dit-il en lui prenant la main
qu'il pressa vivement dans les siennes;
bientôt, m'a-t-on dit, tes juges s'as-
semblent, je paraîtrai devant eux
avec toi; nous verrons de quel front ils
oseront dévouer à la mort une malheureuse qui eut un instant de démence.
Je dirai tout, tout, et mon amour et
ta faute, et mon absence, et ton dé-

sespoir, et ton crime qui est plutôt le mien. Ouvre ton cœur à l'espérance, Angelina ; le sort ne fut-il pas assez cruel envers toi ? ta faute n'est-elle pas assez expiée ? Tu vivras pour le bonheur d'un époux qui t'aime ; tu vivras pour devenir encore le modèle de ton sexe , et pour faire rougir les hommes inhumains. »

« Plus d'espoir , répond la jeune fille, tu t'abuses, Valcour, crois-moi ; cependant ne néglige rien : c'est surtout en te revoyant que j'ai désiré de vivre ; mais si mes jours sont comptés, je te l'ai dit : je te pardonne ; et je voudrais que tu fusses heureux sans oublier jamais la fille de Jussani. » Jusqu'au soir il restèrent ensemble ; et la triste Angelina, le cœur flétri par les chagrins et l'infortune , trouva dans cet entretien et dans les larmes qu'il lui fit répandre un instant de ce bon-

heur qu'elle ignorait depuis si long-
temps.

Enfin, pourtant ils se séparèrent ;
mais Valcour promit de la voir chaque
jour, et il rentra chez lui pénétré d'une
émotion profonde. Comment sauver
l'infortunée ? Fléchir les juges, il ne
l'espérait pas ; nier le crime, il n'était
que trop prouvé ; se présenter et s'accuser lui-même, les magistrats ne
pouvaient admettre une telle défaite,
et ce n'était point d'ailleurs dérober
Angelina à la mort ; l'enlever de sa
prison ; fuir avec elle ; comment le
tenter avec la garde génoise qui veil-
lait sans cesse à la porte de ces affreux
cachots !....

Il roulait dans son esprit toutes ces
réflexions, lorsque Raphaël entre tout
à coup et se présente devant lui. « Seigneur, dit l'amant d'Anna, je quitte
à l'instant la fille de Paolo, et c'est

elle qui m'envoie vers vous. » Valcour tend la main à l'officier génois. »Auriez-vous quelque chose à m'apprendre, lui demande-t-il avec précipitation. — Rien encore, mais je viens savoir quels sont vos desseins, et vous offrir mes services et mon bras. — Hélas ! j'ignore encore moi-même ce qu'il nous faut faire. Irai-je voir Spinola et implorer sa clémence ? — Vous ne réussirez pas. — Le gouverneur. — Vous n'en obtiendrez pas davantage ; avec plus de ruse et de modération apparente, il est au fond aussi cruel que le juge suprême. — Quel parti prendre ? — La fuite. — La croyez-vous possible ? — Je ne doute pas du succès. — Expliquez-vous. — Plusieurs postes sont confiés aux Génois, ajoute Raphaël, les uns sur les places publiques, les autres dans des rues fréquentées. Un seul est plus désagréable à occuper,

parce qu'on ne peut y communiquer
avec personne ; quel que soit celui où
je serai placé demain, j'offre à l'officier
de la prison un échange qui certaine-
ment sera accepté. A la nuit, un bateau
m'attendra au port , je vous conduis
moi-même la prisonnière confiée à ma
garde. — Raphaël! vous me rendez la
vie. — Je fais une faute , je le sais ,
mais je sauve les jours d'une malheureuse, et je mérite la reconnaissance
de celle que j'aime. — Et la mienne à
jamais! s'écrie Valcour en se précipi-
tant dans ses bras. » Raphaël ajoute :
« Je me retire pour ne donner aucun
soupçon; mais soyez calme, et comptez
sur moi. — A demain. — A demain ,
répète le Génois , et Valcour respire
enfin. »

~~~~~~

CHAPITRE XXX.

Je voulais fuir une île que j'abhorre ;
Mais le destin qui fit tous mes malheurs,
De ces premiers, peu satisfait encore,
M'y préparait de nouvelles douleurs.

MALFILÂTRE.

LE lendemain, Valcour revit la fille
de Paolo, et parvint à faire naître
dans son âme l'espoir d'échapper à ses
bourreaux. « Tu vivras, lui dit-il,
ô mon Angelina ! tu vivras pour le
bonheur de ton époux, et nous fui-
rons ensemble ces rivages funestes.
C'est au sein de la France que nous
attendent la paix et l'amour, si rares
dans cette affreuse solitude. Là, plus
de témoins de ta faute, plus de préjugés qui te condamnent, plus de persé-

cuteurs acharnés. Libre et contente,
tu vivras paisible et honorée, et je te
rendrai les plaisirs de ton enfance et
la douce joie des vallons de Jussani. »

« J'ai besoin d'espérer, répondit Angelina. J'interroge mon cœur, et je
sens qu'il est comme autrefois disposé
à te croire. Fuyons donc, mon bien-
aimé, fuyons dans ta belle patrie ;
rends-moi le repos de mon printemps
et le bonheur de ma famille. Il ne me
reste rien au monde, et mon cœur est
à toi. Si je t'avais perdu, mourir n'é-
tait rien ; mais pouvoir vivre ensemble,
pouvoir être ton épouse et réparer ma
faute en te rendant heureux, c'est un
sort que je n'osais envier, et que le
Ciel apaisé semble me promettre. Je
m'abandonne à toi. Dispute à l'échafaud la malheureuse fille de Jussani. »

Pendant que les deux amans se li-
vraient à l'espérance d'un meilleur

avenir , Raphaël ne négligeait rien
pour la réussite de ses projets , et
s'occupait avec activité des préparatifs
du départ d'Angelina. Quand tout fut
disposé au gré de ses désirs , il se rendit à la demeure de Valcour, et trouva
le Français qui revenait de la prison.
« Tout est prêt , lui dit-il , et nous
n'avons plus qu'à attendre la nuit. Un
bateau préparé par mes soins recevra
ce soir la fille de Paolo. Je l'accom-
pagnerai jusqu'à une lieue du port où
une barque légère qui le suit me ra-
mènera presque aussitôt. Angelina
sera conduite à l'île d'Elbe , qui n'est
point au pouvoir de Gênes, et là , elle
attendra vos nouvelles. Vous ne pouvez
ni vous montrer ni la suivre , car vos
visites ont peut-être inspiré des soupçons, et l'on peut se méfier de vous,
quand on ne redoute rien d'un officier
de Gênes. Tout est prévu. Le mot

d'ordre, pour cette nuit, est donné à nos troupes. C'est : *Génes et Doria*. Je répondrai moi-même à la sentinelle du port, et la barrière s'ouvrira devant nous. »

Valcour ne savait comment témoigner au Génois sa reconnaissance. « Quel digne prix, s'écria-t-il, pourrait payer un si grand bienfait ? — Il en est un que je réclame, lui répondit Raphaël, qui me dédommagera de mes peines, et me consolera des rigueurs que nos chefs ne manqueront pas d'exercer contre moi. C'est l'amitié d'Angelina et la vôtre. Ne devons-nous pas être un jour de la même famille ? »

Avant de se retirer, Raphaël dit à Valcour : « Quand l'horloge du port sonnera neuf heures, vous pouvez, de votre croisée, fixer les yeux sur la mer ; vous distinguerez sans doute le bateau, qui, dès sa sortie du port, prendra la direction de l'île d'Elbe, dont vous apercevez de loin les rochers. »

Il dit, et se retira. Que l'on juge de l'inquiétude de Valcour pendant tout le reste de cette journée, qui devait perdre ou sauver la fille de Jussani! Attendre un bonheur ineffable ou le plus horrible de tous les maux, ce n'est pas vivre, c'est souffrir à toutes les heures, à tous les instans, tout ce que le cœur humain peut éprouver d'angoisses et d'inquiétude. Le jour finit enfin, et la nuit couvrant la surface des mers vint dérober au Français la vue des rochers de l'île d'Elbe, qui reparurent bientôt, éclairés faiblement par les pâles rayons de la lune. « C'est là qu'elle sera peut-être demain, » se dit-il en lui-même, et son cœur, plein de crainte et d'espérance, passant de l'attendrissement au sentiment religieux qu'il inspire, implora l'Etre suprême, pour qu'il protégeât la fuite de la malheureuse fille de Paolo.

L'horloge de la citadelle a sonné neuf heures, et le bruit dont la cloche frappe les airs retentit jusqu'à l'oreille des prisonniers. Angelina sent son cœur palpiter au signal que lui a donné le Génois, et elle écoute en silence. On parle à la porte de son cachot, et elle a distingué la voix de Raphaël, qui redouble son émotion. « Le juge suprême, dit-il au geôlier, ordonne qu'à l'instant la fille de Jussani paraisse devant lui. Il veut la confronter avec un de ses complices qu'on vient de lui amener à l'instant. — Avez-vous un ordre par écrit? demande le concierge. — Et depuis quand en faut-il pour les officiers de Gênes? Ces soldats ne suffisent-ils pas pour répondre d'elle? Je t'en réponds moi-même. Geôlier, fais ton devoir;

8*

le juge suprême ne doit pas attendre. »

Le bruit des verroux se fait entendre, et la porte du cachot est ouverte. « Soldats, dit Raphaël d'une voix rude et d'un air indifférent, que douze d'entre vous me suivent et entourent la prisonnière. » L'escorte se prépare, et la jeune fille, placée au milieu des guerriers qui la précèdent et la suivent, a franchi le seuil de la citadelle. On marche. Arrivés à quelque distance, et lorsqu'on ne peut plus apercevoir les murs de la prison, Raphaël se tourne vers Angelina. « Vous tremblez ! lui dit-il à haute voix ; et vous pouvez à peine nous suivre. Appuyez-vous sur mon bras. » Puis, se retournant vers ses soldats : « Un homme suffit pour conduire cette femme chez le juge. Sans vous rendre aux prisons, parcourez en tous sens les rues voisines, et assurez-vous que le repos n'est pas troublé. » Il dit, et sa garde s'éloigne.

« Rassurez-vous, et ne perdons point de temps, » dit alors le Génois à la fille de Jussani. Soudain, il l'entraîne d'un pas rapide vers le port où le batelier les attend. Le bruit d'une troupe de soldats retentit alors près d'eux. Angelina tremble et respire à peine. « Qui vive ? crie une voix. — Officier génois, » répond Raphaël. Le chef de la troupe s'avance. « De service ? demande-t-il. — De service. — Le mot d'ordre ? — *Gênes et Doria.* — Passez. » Et s'éloignant des guerriers, ils descendent à pas pressés la rue obscure qui les conduit au port.

Une lumière brille ; c'est celle du bateau préparé par les soins de Raphaël. Le Génois en approche et y fait placer la jeune fille. « La barrière du port est-elle fermée ? demande-t-il au

batelier. — Fermée. — A quelle heure
doit-elle être ouverte? — Au point du
jour seulement. — N'importe, je vois
le garde de nuit veiller près du phare,
et il doit obéir au mot d'ordre. Partons. » Puis, se penchant vers Angelina, il lui dit à voix basse : « Cette
chaîne-une fois franchie, je réponds
de vos jours : prenez courage. »

Le batelier fait ses apprêts, déploie
sa voile et dispose ses rames. Le Génois l'accuse de lenteur, et tressaille
d'impatience. Angelina ne sait si elle
veille ou si quelque rêve heureux ne
vient point flatter son esprit.

Enfin, le bruit des rames s'est fait
entendre, et le bateau s'avance vers
l'entrée du port. Du haut du môle où
il se promène, le garde de nuit, étonné, crie au batelier qu'on ne sort plus.
« C'est pour le service, répond Raphaël. Garde, fais ouvrir la chaîne.

— Le mot d'ordre? demande la sentinelle. — *Gênes et Doria.* — Qui êtesvous ? — Un officier de Gênes ? — Votre nom? — Raphaël. — C'est luimême ! » Et soudain la garde saisit la corde suspendue au phare, et les sons de la cloche d'alarme ont retenti dans les airs. « Nous sommes perdus ! » s'écrie Raphaël. Puis se tournant vers le batelier : « Traître ! tu m'as joué... » Et le misérable , effrayé , tombe à genoux près d'Angelina évanouie.

Des soldats ont paru sur la rive éclairée par des torches que plusieurs d'entre eux agitent dans leurs mains. Le gouverneur lui-même se fait remarquer à leur tête. Tout annonce à Raphaël que le fatal mystère a été révélé, et, seul contre tous, impuissant pour se venger ou pour se défendre , il laisse le batelier se diriger vers le

rivage où l'appelle la voix du gouverneur.

« Qu'on les arrête tous les deux,
dit Gonsalvi, et qu'on les conduise sé-
parément dans la citadelle. » Et Raphaël, désarmé, suit au milieu d'une
double haie de soldats la fille de Jussani, traînée ou plutôt portée dans
l'affreux cachot qu'elle a cru fuir pour
toujours.

Cependant, Valcour avait entendu
sonner l'heure de la fuite, et long-
temps sa vue se promena sur la mer.
Chaque bruit de la vague qui frappait
le rocher lui semblait être celui de la
chaîne du port qui s'ouvrait pour son
amante fugitive. Le vent qui gémissait
dans le bois d'oliviers fixait son oreille
attentive, et il croyait distinguer le
bruit des rames et le léger roulis de
la barque glissant sur la surface des
flots. Tout à coup, le son d'une cloche

agitée avec force l'a fait tressaillir d'effroi. Il écoute, et croit distinguer un murmure confus sur le rivage du port. Son cœur bat avec violence, et bientôt, s'accusant d'une terreur panique, il se rassure et fixe de nouveau ses regards vers la mer. Une heure entière s'écoule... C'en est fait, le Français, agité, cède à son impatience. Il sort; il se dirige vers le port, et voit quelques soldats assemblés. Il s'approche d'eux et les interroge. « Quelle est cette cloche dont le son a frappé les airs ? — Le signal d'alarme. — Qui l'occasionait? — La fuite d'une prisonnière protégée par un officier génois. — Que sont-ils devenus ? — Tous les deux ont été ramenés dans la citadelle; la jeune fille dans son cachot, et le lâche Génois dans une obscure prison. — Lâche! s'écrie Valcour indigné : la lâcheté, c'est

d'égorger une femme et non de la délivrer. » Et quittant les soldats étonnés, il revient dans sa demeure, agité
du plus violent désespoir.

CHAPITRE XXXI.

Quoi donc ! Est-ce que la main qui a
brisé la serrure d'un coffre-fort ou
même enfoncé un poignard dans le
sein d'un citoyen, n'est plus bonne
qu'à être coupée ?

RAYNAL.

LE jour a paru. De tous côtés une
rumeur extraordinaire annonce une
nouvelle importante. Le gouverneur
vient de recevoir un message qui lui
apprend l'arrivée du Bandit d'Aïtona,
enfin arrêté par la trahison d'un berger lucquois dont il avait adopté la
chaumière, pour y panser ses blessures
et s'y reposer des fatigues du combat.

Soldats, habitans, tous, jeunes ou
vieux, vont à sa rencontre. Le chemin
qui conduit de Saint-Florent à Bastia

est couvert d'une foule empressée de contempler les traits de cet homme terrible et redouté. Déjà les gardes nombreux qui l'escortent ont frappé les regards, et on cherche de loin d'un œil avide Rosario qui s'avance au milieu d'eux. Il marche calme et tranquille. Ses mains sont liées et la fatigue l'accable ; mais dans tous ses traits, sillonnés par les blessures, on voit encore cette mâle fierté qui le rendit depuis quelques années si redoutable pour les oppresseurs de son pays.

A son approche, les Génois ont poussé des cris de joie, comme s'ils avaient remporté une éclatante victoire. Les habitans de Bastia se taisent. Corses et Génois ne se sont jamais réjouis en même temps.

Les officiers d'Alberti, qui l'avaient accompagné au vallon de Montegrosso, viennent joindre leur témoignage aux preuves qui accusent Rosario du meurtre du gouverneur de Calvi. Ils viennent affirmer que dans le Bandit d'Aïtona, ils ont reconnu le berger par qui leur chef fut assassiné.

À peine les portes de la citadelle se sont-elles fermées sur le nouveau prisonnier, que le juge suprême ordonne au tribunal de s'assembler. Le Bandit s'est reposé à peine, et déjà ses juges l'attendent; mais avec lui ils attendent celle qu'ils accusent d'être sa complice, et un même ordre vient réclamer à la prison Rosario et Angelina.

Valcour, ignorant ce qui se passe, se rend à la citadelle et demande à voir la fille de Jussani. On lui apprend qu'à l'instant même elle vient d'être conduite au tribunal qui va prononcer sur son sort. Il court, vole, arrive dans le lieu où siégent les juges de l'infortunée, et perçant la foule qui en assiége les portes, il paraît aux yeux de Spinola, qui lui montre du doigt un siége élevé, signe des égards qu'il doit à l'envoyé français.

Les officiers de Gênes, quelques-uns des soldats qui les avaient accompagnés dans l'expédition de Montegrosso furent tour à tour interrogés par Spinola, qui bientôt adressa la parole à Angelina. A toutes les questions qu'il fit à la jeune fille, ses réponses pleines de candeur et d'innocence, attendrirent tous les cœurs. Les juges eux-mêmes paraissaient croire difficilement qu'elle fût coupable; mais bientôt le président ayant adressé la parole à Rosario, il répondit en ces termes :

« Il y a long-temps que le pouvoir de Gênes est odieux à mon pays. J'ai

fait ce que j'ai pu pour le détruire,
et je n'ai point fait assez. Je suis criminel, rien n'est plus simple ; je n'ai
pas réussi. Dans le cas contraire.,
j'eusse été honoré comme le libéra-
teur de mon pays. Non-seulement le
sang des Génois ne me coûta aucun
regret, mais j'avoue que ce n'est jamais sans plaisir que je l'ai répandu.
Trois hommes comme moi, et la Corse
était sauvée. Le Ciel ne l'a pas voulu ;
les empires, comme les hommes, doivent souffrir : c'est sa loi ; il faut nous
taire.

» Vous m'accusez du meurtre d'Alberti ; vous avez raison, je l'ai tué.
Mon seul complice fut le berger qui
lui donnait un asile, et qui le lendemain est mort à mes côtés. C'est le seul
exemple qu'on puisse citer de la vio-
lation de l'hospitalité chez un Corse.

Il prouve jusqu'à quel point l'on vous aime dans ce pays.

» Cette jeune fille est innocente. Quel besoin avais-je d'elle pour commettre un crime. Elle l'ignorait ; elle ne l'a appris qu'à la grotte de Montegresso. Elle me l'a même reproché. Je vous le jure, et je n'ai jamais trahi la vérité.

» Juges, voulez-vous savoir pourquoi on l'accuse ? Un homme a dépouillé son père de tout ce qu'il possédait. Seule de sa famille aujourd'hui, elle pourrait un jour réclamer le bien qui lui fut ravi. Pour la réduire au silence, on veut l'assassiner. Son accusateur, c'est Spinola, et Spinola est le spoliateur qui vous demande sa mort pour en profiter. »

A ces mots, vous eussiez vu le front du président suprême s'obscurcir, et sa physionomie prendre un air menaçant. Puis, se remettant de son trouble, il se hâta de répondre :

« Magistrats, un mot va confondre l'insolent qui m'accuse. Je déclare que satisfait de ses aveux, je ne considère plus cette jeune fille comme complice des meurtriers d'Alberti; mais que faisait-elle dans cette chaumière ? Pourquoi se dérobait-elle à tous les regards ? N'a-t-elle aucun autre crime à se reprocher ? Qu'elle se rappelle les temps qui ont précédé cette époque. Je vais aider sa mémoire. Chancelier du tribunal, lisez l'accusation. »

Il dit, et Valcour a frémi en entendant le récit du crime de l'infortunée. Quand la lecture est terminée, Spinola interroge la jeune fille. Elle ne répond que par ses larmes et son silence. « Le tribunal va délibérer, dit le président d'un air triomphant; » et

il se retire avec les autres juges dans
la salle du conseil.

Valcour, désespéré, sent qu'il n'a
pas un moment à perdre. Il ne sait
que résoudre et que faire ; mais il est
capable de tout pour sauver celle qu'il
aime. Il suit les juges, s'arrête dans
le vestibule qui précède la salle où ils
vont délibérer, et supplie Spinola de
lui accorder un moment d'entretien.
Le juge suprême se rend à ses vœux.
« Seigneur, lui dit le Français agité,
je prévois un arrêt de mort qui va
frapper une fille innocente. — Innocente ! répond Spinola en souriant.
— L'égarement du désespoir, un instant de douleur ont produit sa faute,
que la démence où elle était doit faire
excuser. Elle fut séduite et abandonnée. Son séducteur, c'est moi ; l'auteur
du crime, c'est moi. J'accourais pour
en faire mon épouse, et un hymen

brillant se préparait pour elle quand vous l'envoyez à l'échafaud. Grâce pour la fille de Jussani, grâce, ou plutôt justice! La loi ne peut être barbare, et l'envoyé de France prend l'accusée sous sa protection, en se rendant responsable du crime qui lui est imputé. »

« Cet incident, dit Spinola, sera communiqué aux juges; mais j'ose vous dire qu'il ne peut ni ébranler leur conviction, ni dérober la criminelle au glaive de la loi. Le tribunal fera son devoir; il ne peut que punir ou absoudre, et ici le crime est prouvé. Le gouverneur seul pourrait suspendre l'exécution de la sentence, et je doute qu'il veuille y consentir. »

Ces derniers mots ont été pour Valcour un trait de lumière. Il n'attend pas l'arrêt fatal, qu'il sait être iné- vitable. Il part, arrive au palais de

Gonsalvi. « Le gouverneur ? — Dès le
point du jour il est parti pour le Cap
Corse. »

Le sort semble conjuré contre l'infortunée. Mais tout moment de déli-
bération peut être funeste: Le Français
ne perd pas un instant. Il se fait indi-
quer le lieu qui, dans cette nuit même,
doit recevoir le gouverneur. Un coursier vigoureux, préparé par ses soins,
va le transporter au Cap Corse. Prières,
menaces, il est résolu à employer tout
auprès de Gonsalvi, pour sauver Angelina. Il part, traverse d'une course
rapide le sentier tortueux qui conduit
du bois d'oliviers au sommet des monts
qui dominent le rivage, et il vole au
loin de rochers en rochers.

Cependant, l'horrible arrêt vient de
retentir à l'oreille de la malheureuse
fille de Jussani. Rosario, condamné lui-
même, semble étranger à ce qui le

touche. Il soutient dans ses bras cette victime des rigueurs humaines. Son regard terrible reproche aux juges leur cruauté , et à la piété qu'il témoigne pour la jeune fille , la foule qui l'entoure ne reconnaît plus en lui le Bandit d'Aïtona. Horrible spectacle que celui d'une femme que , dès sa jeunesse, on dévoue à la mort ! Pâle , tremblante , et se soutenant à peine , on la ramène dans cette prison où peut-être elle va pleurer son crime pour la dernière fois !

Honte éternelle au juge qui, sans d'amers regrets, peut faire répandre le sang de l'homme ! Honte aux pouvoirs barbares qui ne savent, qu'avec des supplices, corriger les mœurs des peuples ou répondre aux larmes de l'opprimé ! O ! quand l'homme saura-t-il qu'il n'a pas le droit de détruire son semblable ? Quelle plume éloquente , lui rappelant

la voix de la nature, invoquera, pour
le convaincre, les saintes lois de la
morale, et l'horrible souvenir de tant
d'innocens, victimes des erreurs humaines dans tous les siècles ? Qui dira
enfin à l'homme : Le droit de mort
n'appartient qu'à l'Être suprême dont
tu t'arroges le pouvoir ; le citoyen que
tu égorges pouvait redevenir honnête
homme ; la jeune fille que tu immoles
pouvait enrichir la patrie d'une brillante postérité ?... Grandes et sublimes
vérités que l'on feint d'ignorer encore,
et sur lesquelles nous délibérons à loi-
sir, comme si, pendant nos discus-
sions insensées, le glaive du licteur,
qui jamais ne s'arrête, cessait de répandre des flots de sang humain !...

Privée de l'appui de Valcour pour
soutenir son courage et pour adoucir
son horrible douleur, la fille de Paolo
eut du moins la consolation de verser

des pleurs dans le sein d'un ami. Ambrosio, ce jour même, était arrivé à
Bastia, et son ministère auguste et
charitable lui avait ouvert les portes
de la prison d'Angelina.

———

CHAPITRE XXXII.

L'espace qui doit séparer pour moi le
temps de l'éternité est court, mais terrible ; et il ne me reste que bien peu
d'instans pour me préparer à la mort.

WALTER SCOTT.

Le père Ambrosio , dès le matin du
jour suivant, se présenta chez Valcour,
et apprit qu'il s'était rendu au Cap
Corse pour intercéder auprès du gouverneur en faveur de la fille de Jussani ; il conçut alors l'espoir de voir
arriver le Français avant l'heure fatale
où l'on exécutait les arrêts du tribunal,
et vint trouver Angelina qui avait plus
que jamais besoin de sa présence. « Je
ne vous flatte pas, dit-il à la jeune fille,
d'un espoir que je conçois à peine. Le

Ciel est maître de votre destinée ; rési-
gnez-vous à sa volonté suprême. Si le
gouverneur ne se laisse point attendrir, aujourd'hui même doit finir votre
déplorable vie. Demandons à l'Être
suprême qu'il protége les démarches
de Valcour, et implorons de lui, si
ces démarches sont inutiles, le courage qui vous est nécessaire pour
mourir comme une chrétienne qui n'a
point désespéré de l'éternité. »

Il a dit, et dans le cachot même qui
lui sert d'asile, la fille de Jussani a vu
célébrer par le religieux les plus saints
mystères de cette religion qui lie la
terre au ciel, et porte au Dieu des
hommes les vœux des cœurs repen-
tans. Simple et auguste comme le
sentiment pieux qui l'inspire, le
prêtre accueille ensuite la jeune fille
au pied de l'autel, qui par ses soins
vient de s'élever, et étendant ses mains

vénérables sur la tête de cette touchante victime du malheur, il prononce d'une voix attendrie ces mots qu'elle sent arriver jusqu'au fond de son âme :

« Ma fille, le moment est venu peut-être où il faut vous séparer pour jamais des hommes. Rendez grâce à l'Eternel de vous avoir permis d'être dans ce monde le témoin de ses merveilles infinies. Il vous apprit à connaître sa bonté, et vous inspira quelques momens de bonheur. Consolez-vous s'ils ont été rares : la vertu n'existerait pas si l'homme n'avait point d'épreuves à subir, et le malheur qui vous a frappé vient sans doute, en expiant vos fautes, de vous réconcilier pour jamais avec l'Être suprême. Mourez, puisque telle est la volonté de la providence divine ; mais en mourant, repentez-vous ; et dégagée des liens qui vous attachent à la terre, portez dans le séjour céleste un cœur digne d'être examiné par celui dont l'indulgence pardonne à l'erreur, et dont l'éternelle bonté récompense l'innocence et la vertu. »

« Quel que soit le sort qui m'attend, répondit Angélina, je prends à témoin ce Dieu que j'implore, que le désordre de mes esprits et l'égarement de la douleur ont pu seuls me rendre coupable. J'adore l'Éternel dans mon âme, et lui seul fait mon dernier espoir. O mon père! que votre bénédiction m'annonce la sienne, et que votre pardon console mon cœur et m'ouvre le séjour céleste. »

La fille de Jussani s'incline avec respect, et le vieillard a fait entendre ces mots :

« Au nom du Dieu qui pardonne, Angélina, tes fautes te sont remises, et ton repentir ne restera point sans récompense. Puis., levant au ciel ses mains suppliantes : « Grand Dieu ! je t'implore pour cette jeune victime de la rigueur des lois humaines; toi seul lis dans les cœurs et vois les vrais coupables : si l'innocence un moment abusée , si soixante ans d'une conscience pure peuvent , en s'unissant ensemble, fléchir ta justice suprême, ouvre ton sein aux remords et présente au pécheur repentant les douceurs de l'éternelle félicité. »

Angelina a senti se ranimer son courage. Déjà son esprit semble s'élever au-dessus des choses humaines, et sa résignation touchante a édifié le cœur du bon religieux. Il la quitte seulement pour quelques instans; mais à peine s'est-il éloigné que son absence rend à la jeune fille ses souvenirs et sa douleur; l'idée de se séparer éternellement de ce qu'elle eut de plus cher au monde a rouvert la source de ses larmes et l'a rappelée au désespoir.

Le père Ambrosio se rend à la demeure de Valcour, et attend avec impatience son arrivée ; le Français ne paraît point encore, et déjà sur la place qui borde le rivage, le vieillard voit avec effroi s'élever l'instrument du supplice. Il détourne ses regards avec horreur, et ses yeux se remplissent de pleurs. Il prie alors, seul et loin de l'infortunée ; il prie, et il abandonnerait sans effort le peu de jours qui lui restent pour rendre à la vie et au bonheur la malheureuse fille de Paolo.

Tout à coup, l'heure fatale sonne... Il écoute ; il tourne encore une fois ses regards vers le sentier du Cap Corse, et n'apercevant rien, pénétré d'une consternation profonde, il s'achemine lentement vers la prison de l'infortunée, pour lui enlever le seul espoir qui lui reste, et pour la préparer à la mort.

Quel spectacle s'offre à ses yeux! Dans une salle spacieuse, de tous côtés entourée de gardes, et dont le condamné ne sort que pour marcher au lieu du supplice, Angelina, pâle et presque expirante, attend le moment fatal. Un seul être la console et s'efforce de ranimer son courage, mais ses larmes qui le trahissent prouvent l'excès de sa douleur; c'est Raphaël que les tyrans viennent de condamner à l'exil, et qui a obtenu de voir l'infortunée à ses derniers momens. Il est à genoux auprès d'elle, et soutient sa tête défaillante; ses discours sont tendres et ses adieux déchirans; mais la fille de Jussani les entend à peine. Ses yeux semblent couverts d'un épais nuage; ses lèvres, agitées d'un mouvement convulsif, ne peuvent prononcer une parole, et le Génois la soutient, assise sur la pierre du sol où elle est tombée presque inanimée.

Près d'eux, le Bandit se promène à grands pas, avec agitation, et s'arrête par intervalles pour fixer sur la fille de Paolo un regard où se peint la pitié. « Les lâches! dit-il en murmurant tout bas, égorger un enfant!..... Pauvre fille!...... » Un officier qui veille à la porte se présente. « Dois-je marcher le premier? lui demande brusquement Rosario. — Je le crois. — Eh bien, partons, et épargnez à cette fille la vue de mon supplice qui doublerait l'horreur du sien. » Soudain des gardes s'approchent et l'entourent. Il se retourne vers Angelina : « Du courage, » lui dit-il ; puis s'adressant à Ambrosio : « Vieillard, adieu ! » et il s'éloigne d'un pas rapide, moins ému sur son propre sort que les soldats qui l'accompagnent au lieu du trépas.

La malheureuse, restée avec Ambrosio, revient à elle et retrouve des
larmes. Elle se jette dans les bras du
religieux : « O mon père ! ne m'abandonnez pas ?... »

Mais pourquoi décrire ici le désespoir
d'un cœur trop faible qui se déchire
aux approches de la mort? Qui suppor-
terait l'idée de cette terrible agonie?
qui voudrait entendre les gémissemens
de la victime, et voir les apprêts me-
naçans des bourreaux? Jetons un voile
sur ces scènes d'horreur.... Elles vont
enfin se terminer... Une voix demande
Angelina, et des gardes se présentent..
Que fait Valcour dans ces momens
sinistres? Toute la nuit, de rochers en
rochers, de précipices en précipices,
il a pressé les flancs de son coursier
fatigué. Il a enfin rejoint Gonsalvi, il
l'a vu; ses discours, ses prières, ses

menaces même ont fléchi le gouverneur; il a cédé à l'envoyé français.
Valcour tient dans ses mains la grâce
d'Angelina.

Il part, il revient sur ses pas, palpi-
tant de joie, prompt comme l'éclair;
il croit déjà dérober au trépas l'objet
qu'il aime; la fille de Jussani vivra!...
Cette idée redouble ses forces, et son
coursier, qui semble l'entendre, vole
avec rapidité sur la cime des monts.

Le soleil n'est point encore au milieu
de sa course, et déjà le Français a
aperçu de loin les débris de cette vieille
tour qui domine au nord le bois des oliviers. Son ardeur se ranime; il approche, haletant de fatigue et couvert de
sueur. Un homme est assis sur le rivage, et son attitude indique assez
qu'il est en proie à des pensées pénibles; son habit annonce un prêtre.
Déjà Valcour est auprès de lui : le re-

ligieux se retourne, sa figure est couverte de larmes; c'est Ambrosio!....
— Rassurez - vous, lui crie Valcour.
elle est sauvée!... j'ai sa grâce!... —
Que dites - vous ?.... — Gonsalvi est
fléchi. Angelina vivra!.... Volons. —
Arrête, malheureux ?...

Soudain un bruit sourd se fit entendre vers la place de San - Nicolazzo...

———

Et moi, long-temps après. parcou-
rant ces rivages et ces monts solitaires,
j'appris cette histoire par une tradition
fidèle, et je voulus rappeler dans ces
pages les infortunes de la fille de Jussani.

FIN DU SECOND ET DERNIER VOLUME.